KATE DICAMILLO

El PRODIGIOSO VIAJE *de* EDWARD TULANE

ILUSTRADO POR BAGRAM IBATOULLINE

noguer

Título original:
The Miraculous Journey of Edward Tulane
Texto © 2006, Kate DiCamillo
Ilustraciones © 2006, Bagram Ibatoulline
Published by arrangement with Walker Books Limited, London SE11 5HJ

Primera edición: julio de 2007
Primera edición en este formato: diciembre de 2015
Sexta impresión: noviembre de 2018
ISBN: 978-84-279-0163-6
Depósito legal: B. 29.309-2015
Impreso en España - Printed in Spain

El papel utilizado para la impresión de este libro es cien por cien libre de cloro y está calificado como papel ecológico.

Para Jane Resh Thomas,

que me dio el conejo y le dio su nombre.

El corazón se rompe y se rompe
y vive de romperse.
Hay que pasar por la oscuridad
y ahondar en la oscuridad
sin volver atrás.

—de *The Testing-Tree*, de Stanley Kunitz

Capítulo Uno

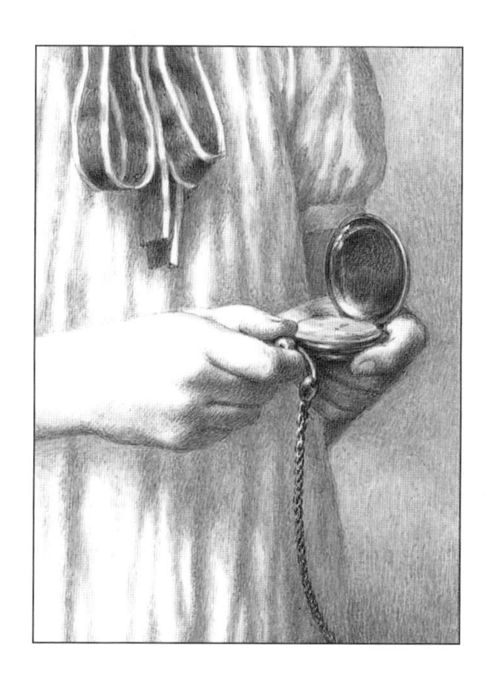

ÉRASE UNA VEZ EN UNA CASA DE LA CALLE EGIPTO un conejo hecho casi enteramente de porcelana. Tenía brazos de porcelana y piernas de porcelana, manos de porcelana y cabeza de porcelana, torso de porcelana y nariz de porcelana. Sus brazos y sus piernas estaban unidos y articulados con alambre para que sus codos de porcelana y sus rodillas de porcelana pudieran doblarse, lo que le proporcionaba gran libertad de movimiento.

Sus orejas estaban hechas de verdadera piel de conejo; y el fuerte y flexible alambre de su interior, permitía colocarlas en diferentes posturas que reflejaban el estado de ánimo del conejo: risueño, melancólico, hastiado. También su cola estaba hecha de piel de conejo auténtica, y era suave, esponjosa y bien proporcionada.

El conejo se llamaba Edward Tulane, y era alto. Medía casi un metro de la punta de las orejas a la punta de los pies; sus ojos estaban pintados de un azul penetrante e inteligente.

En conjunto, Edward Tulane se consideraba un espécimen excepcional. Únicamente sus bigotes le daban que pensar. Eran largos y elegantes (como debían ser), pero de procedencia incierta. Edward hubiera asegurado que no se trataba de bigotes de conejo. Quién habría sido su anterior propietario —qué desaliñado animal— era una pregunta que no soportaba formularse a menudo. Y por eso no lo hacía. Por regla general prefería evitar los pensamientos desagradables.

Su dueña, una niña de diez años y cabellos castaños llamada Abilene Tulane, tenía casi tan buena opinión de Edward como el propio Edward. Cada mañana, después de vestirse para ir al colegio, Abilene vestía a Edward.

El conejo de porcelana disponía de un extraordinario guardarropa compuesto por trajes de seda confeccionados a mano, zapatos hechos a medida con las pieles más finas y especialmente diseñados para sus pies de conejo, y una amplia colección de sombreros que, gracias a sus orificios, podían encajarse con facilidad por sus largas y expresivas orejas. Cada par de bien cortados pantalones estaba equipado con un pequeño bolsillo para el reloj de oro de Edward. Abilene le daba cuerda al reloj por él todas las mañanas.

—Ya sabes, Edward —le decía una vez puesto en marcha—, cuando la manecilla grande esté en las doce y la manecilla pequeña esté en las tres, llegaré a casa para estar contigo.

La niña sentaba a Edward en una silla del comedor que colocaba junto a la ventana, de forma que Edward viera el camino que conducía a la puerta de entrada de los Tulane. Después le dejaba el reloj sobre la pierna izquierda, le besaba en la punta de las orejas y se marchaba. Él se pasaba el día mirando la calle Egipto, oyendo el tictac del reloj y esperando.

De todas las estaciones del año, la preferida del conejo era el invierno, porque entonces el sol se ponía temprano y, cuando las ventanas del comedor se oscurecían, Edward podía ver su reflejo en el cristal. ¡Y qué reflejo era el suyo! ¡Cuán elegante figura componía! A Edward no dejaba de asombrarle su propia distinción.

Por la noche, se sentaba a la mesa del comedor con los demás miembros de la familia Tulane: Abilene, los padres de

Abilene y la abuela de Abilene, que se llamaba Pellegrina. Cierto, las orejas de Edward apenas llegaban al tablero de la mesa y, cierto también, se pasaba toda la cena mirando fijamente al blanco cegador del mantel. Pero estaba allí: un conejo a la mesa.

A los padres de Abilene les parecía encantador que la niña creyera que Edward era real, y que a veces pidiera que se repitiese una frase o una historia porque él no la había oído.

—Papá —solía decir—, me temo que Edward no se ha enterado de lo último.

Entonces el padre de Abilene se volvía hacia las orejas de Edward y hablando lentamente, repetía lo que acababa de decir en beneficio del conejo de porcelana. Y Edward, por cortesía hacia Abilene, fingía que escuchaba. Pero, en realidad, le interesaba poco lo que dijera la gente. Y además le tenían sin cuidado los padres de Abilene y su actitud condescendiente con él. De hecho, todos los adultos lo trataban con condescendencia.

Sólo la abuela de Abilene le hablaba como lo hacía Abilene: de igual a igual. Pellegrina era muy anciana. Tenía la nariz larga y afilada, y unos ojos negros y vivarachos que brillaban como estrellas oscuras. Fue Pellegrina la responsable de la existencia de Edward. Fue ella quien pidió que lo fabricaran, quien encargó sus trajes de seda y su reloj de bolsillo, sus vistosos sombreros y sus orejas flexibles, sus magníficos zapatos de piel y sus brazos y piernas articulados; y todo era obra de un experto artesano de su Francia natal. Fue Pellegrina quien se lo regaló a Abilene en su séptimo cumpleaños.

Y era Pellegrina quien arropaba todas las noches a Abilene en su cama y a Edward en la suya.

—¿Nos cuentas un cuento, Pellegrina? —preguntaba Abilene todas las noches a su abuela.

—Esta noche no, señorita —decía Pellegrina.

—¿Cuándo? —preguntaba Abilene—. ¿Qué noche?

—Pronto —respondía Pellegrina—. Pronto habrá un cuento.

Y después apagaba la luz, y Edward y Abilene permanecían en la oscuridad del dormitorio.

—Te quiero, Edward —decía Abilene todas las noches en cuanto Pellegrina se marchaba. Decía esas palabras y aguardaba, casi como esperando a que Edward le contestara.

Edward no decía nada. No decía nada porque, por supuesto, no podía hablar. Yacía en su camita, al lado de la cama de Abilene. Miraba fijamente al techo y escuchaba el aliento que entraba y salía del cuerpo de la niña, sabiendo que en breve se quedaría dormida. Como los ojos de Edward estaban pintados y no podía cerrarlos, siempre estaba despierto.

A veces, si Abilene lo dejaba en la cama de lado en lugar de dejarlo sobre la espalda, Edward podía mirar por las rendijas de las cortinas a lo alto, al cielo nocturno. En las noches claras las estrellas brillaban, y su luz punteada le confortaba de una manera que no lograba entender. Solía contemplar las estrellas toda la noche hasta que, al fin, la oscuridad daba paso al alba.

Capítulo Dos

Y ASÍ PASABAN LOS DÍAS DE EDWARD, UNO DETRÁS del otro. No ocurría nada digno de mención. Vaya, excepto algún pequeño drama doméstico de vez en cuando. Una vez, mientras Abilene estaba en el colegio, el perro de los vecinos, un bóxer atigrado macho que atendía por el inexplicable nombre de Rosita, entró en la casa sin ser invitado ni anunciado, levantó la pata en la mesa del comedor y roció de orina el blanco mantel. Después trotó hasta Edward, lo olisqueó, y antes de que Edward tuviera tiempo siquiera de considerar las implicaciones de ser olisqueado por un perro, se encontró en la boca de Rosita, el cual, gruñendo y babeando, lo zarandeó de izquierda a derecha con denuedo.

Por fortuna, la madre de Abilene pasó por el comedor y fue testigo del sufrimiento de Edward.

—¡Deja eso! —le gritó a Rosita.

Y Rosita, preso de la obediencia, cumplió la orden.

A Edward se le manchó el traje de babas y le dolió la cabeza durante varios días, pero fue su ego el que salió peor parado. La madre de Abilene le había llamado «eso», y se escandalizó más con la orina del perro en su mantel que con las indignidades que Edward había padecido en las fauces de Rosita.

Y hubo, después, una criada que, recién llegada a casa de los Tulane y deseosa de impresionar a los amos con su diligencia, se acercó a Edward mientras éste esperaba en su silla del comedor.

—¿Qué hace aquí este conejito? —dijo en voz alta.

Por lo pronto, a Edward no le gustó lo más mínimo la palabra *conejito*. La encontraba ofensiva en grado sumo.

La criada se inclinó sobre él y le miró a los ojos.

—¡Hum! —dijo. Se irguió y se colocó las manos en la cintura—. Me parece que, al igual que muchas otras cosas de esta casa, necesitas una buena limpieza.

Así pues, la criada pasó la aspiradora a Edward Tulane. Aspiró una por una sus largas orejas con la manguera de la aspiradora. Toqueteó sus ropas y aporreó su cola. Desempolvó su cara con brutalidad y eficiencia. Y, en su afán de limpieza, aspiró el reloj de bolsillo del regazo de Edward. El reloj pasó por el buche de la aspiradora con un penoso *clanc* que la criada ni siquiera oyó.

Cuando acabó de limpiarlo, colocó la silla junto a la mesa, y con dudas acerca del lugar exacto que le correspondía a Edward, se decidió por fin a ponerlo entre las muñecas de una estantería de la habitación de Abilene.

—Eso es —dijo la criada—. Éste es tu sitio.

Dejó a Edward sobre el estante en un ángulo muy forzado y más que inhumano: la verdad es que con la nariz en las rodillas; y allí tuvo que esperar, mientras las muñecas parloteaban y se reían de él cual bandada de pájaros antipáticos y dementes, hasta que Abilene volvió del colegio y vio que había desaparecido y corrió de habitación en habitación llamándolo:

—¡Edward! —gritaba—. ¡Edward!

No había forma, por supuesto, de que él pudiera comunicarle donde estaba, no había forma de contestarle. Lo único que podía hacer era quedarse sentado y esperar.

Cuando Abilene lo encontró, lo abrazó estrechamente, tan

estrechamente que Edward sintió los latidos del corazón de la niña, a punto de salírsele del pecho a causa de la agitación.

—Edward —dijo—, oh, Edward. Te quiero. No deseo que nos separemos nunca.

El conejo también experimentaba una emoción muy fuerte. Pero no era amor. Era ira por haber sido tan extraordinariamente incomodado, por haber sido manoseado por la criada con la misma displicencia con que se manosea un objeto inanimado como un cuenco, digamos, o una tetera. La única satisfacción que obtuvo de todo aquel embrollo fue el despido fulminante de la criada.

Su reloj de bolsillo fue localizado más tarde en las profundidades de la aspiradora, abollado, pero en marcha; el padre de Abilene se lo devolvió, y acompañó la entrega con una reverencia burlona.

—Sir Edward —dijo—. Esta pieza de relojería le pertenece, según creo.

El Asunto Rosita y el Incidente de la Aspiradora fueron los grandes dramas de la vida de Edward hasta la noche del undécimo cumpleaños de Abilene cuando, durante la cena, mientras se servía la tarta, se mencionó el barco.

Capítulo Tres

—LO LLAMAN EL *QUEEN MARY* —DIJO EL PADRE de Abilene—, y tú, mamá y yo navegaremos en él hasta Londres.

—¿Y Pellegrina qué? —preguntó Abilene.

—Yo no voy —dijo Pellegrina—. Yo me quedo.

Edward, por supuesto, no estaba escuchando. Encontraba las charlas de sobremesa espantosamente aburridas; de hecho, se había propuesto no escucharlas siempre que pudiera evitarlo. Pero entonces Abilene hizo algo insólito, algo que le obligó a prestar atención; en el transcurso de la conversación sobre el barco, la niña levantó al conejo de su silla y lo sentó en su regazo.

—¿Y Edward qué? —dijo con voz aguda y vacilante.

—¿Qué pasa con él, cariño? —preguntó su madre.

—¿Navegará Edward en el *Queen Mary* con nosotros?

—Claro, por supuesto, si tú quieres; aunque ya te estás haciendo un poco mayor para cosas como conejos de porcelana.

—Bobadas —dijo jovialmente el padre de Abilene—. ¿Quién iba a protegerla mejor que Edward?

Desde el privilegiado puesto de observación del regazo de Abilene, Edward veía toda la mesa ante sí de una forma nunca vista desde su propia silla. Contempló el fastuoso despliegue de cubertería de plata, vasos y platos. Vio las miradas divertidas y condescendientes de los padres de Abilene. Y, entonces, su mirada se encontró con la de Pellegrina.

Lo estaba observando de la misma forma en que un halcón perezosamente colgado del cielo observaría a un ratón. Quizá la piel de conejo de las orejas y la cola de Edward y los bigotes de su hocico tuvieran un vago recuerdo de haber sido cazados, porque el conejo sintió un escalofrío.

—Sí —dijo Pellegrina sin quitarle ojo—, ¿quién cuidaría de Abilene si el conejo no estuviera allí?

Esa noche, cuando Abilene preguntó como todas las noches si les contaba un cuento, Pellegrina dijo:

—Esta noche, señorita, habrá cuento.

Abilene se sentó de golpe en la cama.

—Creo que Edward debería sentarse aquí conmigo —dijo—, para que lo escuche también.

—Sí, creo que será lo mejor —dijo Pellegrina—. Creo que el conejo debe oírlo.

Abilene sacó a Edward de su camita, lo sentó junto a ella y lo arropó. Después dijo:

—Ya estamos listos.

—Bueno —dijo Pellegrina. Tosió—. Bueno, pues. El cuento empieza con una princesa.

—¿Una princesa bonita? —preguntó Abilene.

—Una princesa muy bella.

—¿Cómo era?

—Debes escuchar —dijo Pellegrina—. Todo está en el cuento.

Capítulo Cuatro

—ÉRASE UNA VEZ UNA PRINCESA MUY BELLA. Tan resplandeciente como las estrellas en una noche sin luna. ¿Pero de qué le servía la hermosura? De nada. No le servía de nada.

—¿Y por qué no le servía de nada? —preguntó Abilene.

—Porque —dijo Pellegrina— era una princesa que no quería a nadie y a quien no le importaba el amor, a pesar de que muchos la amaban.

En ese instante, Pellegrina se detuvo y clavó los ojos en Edward. Miró de hito en hito sus ojos pintados, y Edward sintió de nuevo un escalofrío.

—Bueno, pues —dijo Pellegrina sin quitarle ojo.

—¿Qué le pasó a la princesa? —preguntó Abilene.

—Bueno pues —dijo Pellegrina volviéndose hacia Abilene—,

el rey, su padre, le dijo a la princesa que debía casarse; y poco después llegó un príncipe de un reino vecino y vio a la princesa y, nada más verla, se enamoró de ella. El príncipe le entregó un anillo de oro puro. Se lo puso en el dedo. Y le dijo estas palabras: «Te quiero». Pero ¿sabes lo que hizo la princesa?

Abilene meneó la cabeza.

—Se tragó el anillo. Se lo quitó del dedo y se lo tragó. Dijo: «Esto es lo que opino del amor». Y se alejó corriendo del príncipe. Se marchó del castillo y se adentró en el bosque. Bueno, pues.

—¿Bueno pues qué? —dijo Abilene—. ¿Qué le pasó entonces?

—Bueno, pues la princesa se perdió en el bosque. Vagó durante muchos días. Por fin, llegó a una cabaña y llamó a la puerta. Dijo: «Déjame entrar; tengo frío».

—No contestó nadie —continuó Pellegrina.

—La princesa volvió a llamar. Dijo: «Déjame entrar; tengo hambre».

—Le contestó una voz terrorífica. La voz dijo: «Entra si has de entrar».

—La bella princesa entró y vio a una bruja que, sentada a una mesa, contaba monedas de oro. «Tres mil seiscientas veintidós», dijo la bruja.

—«Me he perdido», dijo la bella princesa.

—«¿Y qué?», dijo la bruja. «Tres mil seiscientas veintitrés».

—«Tengo hambre», dijo la princesa.

—«No es asunto mío», dijo la bruja. «Tres mil seiscientas veinticuatro».

—»Pero soy una bella princesa», dijo la princesa.

—»Tres mil seiscientas veinticinco», replicó la bruja.

—»Mi padre», dijo la princesa, «es un poderoso rey. Si no me ayudas, atente a las consecuencias».

—«¿Consecuencias?», dijo la bruja. Levantó la vista del oro. Miró fijamente a la princesa. «¿Osas hablarme a mí de consecuencias? Muy bien, pues entonces hablaremos de consecuencias; dime el nombre de tu amado».

—«¡Amor!», exclamó la princesa. Estampó un pie contra el suelo. «¿Por qué tiene que hablar siempre de amor todo el mundo?».

—«¿A quién amas?», insistió la bruja. «Debes decirme su nombre».

—«No amo a nadie», contestó con orgullo la princesa.

—«Me has decepcionado», dijo la bruja. Levantó la mano y añadió una sola palabra: «Chincháteli».

—Y la bella princesa se convirtió en un jabalí.

—«¿Qué me has hecho?», chilló la princesa.

—«A ver qué opinas ahora de las consecuencias», dijo la bruja, y se puso a contar otra vez sus monedas. «Tres mil seiscientas veintiséis», dijo mientras el jabalí princesa salía corriendo de la cabaña y regresaba al bosque.

—Los hombres del rey también andaban por el bosque. ¿Y a quién buscaban? A una bella princesa. Bueno pues, en cuanto se toparon con un feo jabalí, le dispararon. ¡Pum!

—No —interrumpió Abilene.

—Sí —dijo Pellegrina—. Los hombres llevaron el jabalí al castillo, y la cocinera le abrió la barriga y se encontró el anillo de oro puro. Aquella noche había mucha gente hambrienta en el castillo, y todos esperaban que les dieran de cenar. Así que la cocinera se puso el anillo en el dedo y acabó de cortar el jabalí. Y el anillo que la bella princesa se había tragado brillaba en el dedo de la cocinera mientras trabajaba. Fin.

—¿Fin? —protestó indignada Abilene.

—Sí —dijo Pellegrina—, fin.

—Pero no puede ser.

—¿Por qué no puede ser?

—Porque pasa todo demasiado deprisa. Porque no hay nadie que sea feliz para siempre, por eso.

—¡Ah!, eso —Pellegrina asintió con la cabeza. Guardó silencio un instante—. Pero contéstame a esto: ¿cómo puede acabar bien un cuento si no hay amor? Bueno. Ya. Es tarde. Y tú tienes que dormir.

Pellegrina sacó a Edward de la cama de Abilene. Lo metió en su camita y le subió la sábana hasta los bigotes. Se inclinó sobre él y susurró:

—Me has decepcionado.

Cuando la anciana se fue, Edward permaneció en su camita mirando fijamente al techo.

Pensó que el cuento no tenía sentido, pero la mayoría de los cuentos carecían de él.

Pensó en la princesa y en cómo se había convertido en jabalí. ¡Qué truculento! ¡Qué grotesco! ¡Qué sino atroz!

—Edward —dijo Abilene—. Te quiero. No me importa lo mayor que me haga. Te querré siempre.

«Sí, sí», pensó Edward.

Siguió mirando al techo. Estaba inquieto por alguna razón que no lograba identificar. Deseó que Pellegrina lo hubiera puesto de lado, para mirar las estrellas.

Y entonces recordó la descripción que había hecho Pellegrina de la bella princesa. Resplandecía como las estrellas en una noche sin luna. Sin saber porqué, Edward encontró consuelo en esas palabras y se las repitió «*tan resplandeciente como las estrellas en una noche sin luna, tan resplandeciente como las estrellas en una noche sin luna*» una y otra vez hasta que, al fin, despuntó el día.

Capítulo Cinco

LA CASA DE LA CALLE EGIPTO SE LLENÓ DE UNA actividad frenética con los preparativos de la familia Tulane para el viaje a Inglaterra. Edward poseía un pequeño baúl, y Abilene lo preparó para él, llenándolo con sus trajes más elegantes, varios de sus mejores sombreros y tres pares de zapatos, para que en Londres luciera su apostura habitual. Antes de colocar cada uno de los conjuntos del conejo en el baúl, Abilene se los enseñaba.

—¿Te gusta esta camisa con este traje? —le preguntaba.

O:

—¿Quieres llevar el bombín negro? Estás muy guapo con él. ¿Lo metemos?

Y, por fin, en la soleada mañana de un sábado de mayo, Edward, Abilene y los señores Tulane embarcaron y se quedaron junto a la barandilla. Pellegrina, tocada con un llamativo sombrero salpicado de flores, esperaba en el muelle. Miraba de hito en hito a Edward; sus ojos negros esplendían.

—Adiós —gritó Abilene a su abuela—. Te quiero.

El barco se alejó del muelle. Pellegrina saludó con la mano a Abilene.

—¡Adiós, jovencita! —gritó—, ¡adiós!

Edward sintió algo húmedo en las orejas: «Lágrimas de Abilene», supuso. Hubiera preferido que no lo abrazara con tanta fuerza. Estos impetuosos abrazos solían arrugar los trajes. Por fin, toda la gente que estaba en tierra, Pellegrina incluida, se perdió de vista. Edward, por primera vez, se sintió aliviado.

Como era de esperar, Edward Tulane despertó gran expectación a bordo.

—¡Qué conejo tan singular! —dijo una señora mayor con tres sartas de perlas enrolladas al cuello, mientras se inclinaba para mirarlo de cerca.

—Gracias —contestó Abilene.

Varias niñas lanzaron a Edward miradas de adoración y le preguntaron a Abilene si podían tenerlo en brazos.

—No —contestó Abilene—, me temo que no es de esos conejos que gustan de estar con extraños.

Dos niños, unos hermanos llamados Martin y Amos, demostraron un interés especial por él.

—¿Qué hace? —preguntó Martin a Abilene en la segunda jornada de travesía. Señaló a Edward. Éste se encontraba en una tumbona con sus largas piernas estiradas ante él.

—No hace nada —contestó Abilene.

—¿Se le da cuerda? —preguntó Amos.

—No —dijo Abilene—, no tiene cuerda.

—Entonces, ¿qué mérito tiene? —preguntó Martin.

—Tiene el mérito de ser Edward —replicó Abilene.

—Pues no le veo yo a eso mucho mérito —dijo Amos.

—Pues, no —convino Martin. Y luego, después de pensarlo un buen rato, añadió—: Yo no dejaría que nadie me vistiera así.

—Ni yo —dijo Amos.

—¿Se le puede quitar la ropa? —preguntó Martin.

—Claro que se puede —contestó Abilene—. Tiene muchos conjuntos. Y sus propios pijamas. Todos de seda.

Edward, como de costumbre, hacía caso omiso de la

conversación. Alrededor del cuello llevaba un pañuelo de seda que revoloteaba a su espalda con la brisa marina; en la cabeza, un elegante canotier. El conejo estaba pensando que su aspecto debía ser absolutamente impecable.

Le pilló totalmente por sorpresa ser arrancado de la tumbona y ser despojado del pañuelo primero, la chaqueta después y los pantalones en tercer lugar. Edward vio que su reloj de bolsillo chocaba contra la cubierta del barco y rodaba alegremente hacia los pies de Abilene.

—Mira esto —dijo Martin—, lleva ropa interior y todo —levantó a Edward en alto para que Amos lo viera.

—¡Quítasela! —gritó Amos.

—¡¡¡¡NOO!!!! —aulló Abilene.

Martin le quitó la ropa interior a Edward.

En ese momento, Edward sí prestaba atención. Estaba muerto de vergüenza. Excepto por el canotier de su cabeza, lo habían dejado totalmente desnudo, y los demás pasajeros no lo perdían de vista, le echaban curiosas e incómodas miradas de soslayo.

—¡Dámelo! —aulló Abilene—. ¡Es mío!

—No —le dijo Amos a Martin—, dámelo a mí —dio una palmada y abrió los brazos—. Tíramelo.

—¡Por favor! —gritó angustiada Abilene—. No lo tires. Es de porcelana. Se romperá.

Martin lanzó a Edward.

Y Edward, desnudo, voló por los aires. Un segundo antes, el conejo había pensado que estar desnudo en un barco cargado de extraños era lo más espantoso que podía sucederle. Se había equivocado. Era mucho peor ser lanzado, en idéntico estado de desnudez, de un riente y repugnante chico a otro.

Amos atrapó a Edward y lo alzó, exhibiéndolo con expresión triunfal.

—¡Tíramelo! —voceó Martin.

Amos subió el brazo pero, en el instante en que se disponía a lanzar a Edward, Abilene le hizo un placaje, golpeándole el estómago con la cabeza y dando al traste con su puntería.

Así pues, Edward no voló hacia las manos sucias de Martin.

En lugar de eso, Edward Tulane cayó por la borda.

Capítulo Seis

«¿CÓMO SE MUERE UN CONEJO DE PORCELANA?»

«¿Se puede ahogar un conejo de porcelana?»

«¿Llevo el sombrero puesto todavía?»

Éstas eran las preguntas que Edward se formulaba al caer hacia el mar azul. El sol estaba en lo alto y, desde lo que parecía una inconmensurable distancia, el conejo oyó que Abilene lo llamaba:

—¡Edwaaarrd! —gritaba—. ¡Vuelve!

«¿Vuelve? De todas las cosas ridículas que se pueden gritar...», pensó Edward.

Mientras caía como una exhalación, se las apañó para ver por última vez a Abilene. Estaba en la cubierta del barco aferrando la barandilla con una mano. Con la otra sujetaba una lámpara; no, era una bola de fuego; no, Edward se dio cuenta de que era su reloj de oro; Abilene lo sostenía en alto, y el reloj reflejaba la luz del sol.

«Mi reloj de bolsillo —pensó—. Lo necesito».

Y entonces dejó de ver a Abilene y cayó al agua con tal fuerza que el impacto le arrancó el sombrero.

«Esto responde a esa pregunta», pensó Edward mientras su canotier se alejaba revoloteando.

Y, entonces, el conejo empezó a hundirse.

Y se hundió y se hundió y se hundió. Mantuvo los ojos abiertos todo el tiempo, no porque fuera valiente, sino porque no tenía elección. Sus ojos pintados fueron testigos de que el agua azul se volvía verde; y después, azul de nuevo. Y por último, negra como la noche.

Edward siguió bajando cada vez más.

«Si fuera a ahogarme, me habría ahogado ya, por supuesto», se dijo.

Muy por encima de él, el trasatlántico, con Abilene a bordo, navegaba despreocupadamente; y el conejo de porcelana aterrizó, por fin, en el fondo del océano, bocabajo; y allí, con la cara en el fango, experimentó su primera emoción genuina y verdadera.

Edward Tulane tuvo miedo.

Capítulo Siete

SE DIJO A SÍ MISMO QUE, SIN DUDA ALGUNA, Abilene vendría a buscarlo. «Esto —pensó— no es muy diferente de esperar a que vuelva del colegio. Me imaginaré que estoy sentado en el comedor de la casa de la calle Egipto esperando a que la manecilla pequeña llegue a las tres y la manecilla grande llegue a las doce. Si tuviera mi reloj, podría saberlo con exactitud. Pero no importa: vendrá pronto, muy pronto».

Las horas pasaron. Y los días. Y las semanas. Y los meses.

Y Abilene no llegó.

Edward, a falta de mejor ocupación, empezó a pensar. Pensó en las estrellas. Recordó cómo se veían desde la ventana de su dormitorio.

«¿Por qué brillarán tanto?», se preguntó. ¿Y seguirían brillando igual en algún lugar aunque él no pudiera verlas? «Nunca en mi vida he estado tan lejos de las estrellas como ahora», pensó.

También recapacitó sobre el destino de la bella princesa convertida en jabalí. ¿Por qué se había convertido en jabalí? Porque la horrible bruja la había convertido en uno de esos animales: ése era el porqué.

Y entonces el conejo pensó en Pellegrina. Sentía, de un modo que no lograba explicarse, que ella era la responsable de lo que le había ocurrido. Era casi como si Pellegrina, y no los chicos, lo hubiera tirado por la borda.

Era igual que la bruja del cuento. No: ella era la bruja del cuento. No lo había convertido en jabalí, cierto, pero lo estaba castigando, y él desconocía la razón.

En el ducentésimo nonagésimo séptimo día del suplicio de Edward se desató una tempestad, y era tan fuerte que lo levantó del fondo del océano y lo obligó a bailar una danza salvaje, enloquecida y vertiginosa. El agua lo aporreó, lo alzó y lo rehundió a empujones.

«¡Socorro!», pensó Edward.

El embravecido mar llegó a lanzarlo por encima de la superficie, y el conejo vislumbró por un instante la luz de un cielo tormentoso y negro; el viento, que pasó a la carrera por sus orejas, le sonó igual que la risa de Pellegrina; pero antes de que tuviera tiempo de apreciar siquiera que estaba sobre el agua, fue devuelto a las profundidades. Allá que se fue, arriba y abajo, a izquierda y derecha, hasta que la tempestad amainó, y Edward advirtió que empezaba de nuevo su lento descenso al fondo del océano.

«¡Oh, socorro! —pensó—. ¡No puedo volver allí! ¡Que alguien me ayude!»

Pero, a pesar de sus súplicas, abajo se fue. Abajo, abajo, abajo.

Y entonces, súbitamente, la gran red de un pescador se extendió y atrapó al conejo. La red lo subió y lo subió cada vez más hasta que hubo una explosión casi increíble de luz, y Edward volvió al mundo sobre la cubierta de un barco, rodeado de peces.

—Eh, ¿qué es esto? —dijo una voz.

—Un pez no —dijo otra—. Fijo.

La luz era tan intensa que Edward apenas podía ver. Pero al

fin, de la luz salieron formas; y de las formas, rostros. Y Edward se percató de que tenía delante dos hombres, uno joven y otro mayor.

—*Paice* un juguete —dijo el entrecano. Después se inclinó, agarró a Edward y lo sujetó por sus manos de conejo, estudiándolo—. Un conejo *paice*. Bigotes tiene. Y orejas de conejo, o al menos forma de orejas de conejo tienen.

—Pues sí, fijo, un conejo de juguete —dijo el joven, y se dio la vuelta.

—Me lo llevo a casa. Nellie lo arreglará y lo enderezará. Para algún crío ha de servir.

El anciano colocó cuidadosamente a Edward sobre una caja; lo sentó erguido para que pudiera mirar al mar. Edward agradeció la cortesía de este pequeño gesto, pero ya estaba hasta la coronilla del océano y le hubiera complacido mucho no volver a verlo en la vida.

—Ahí vas bien —dijo el anciano.

Mientras volvían a tierra, Edward sintió el sol en la cara y el viento soplando entre los restos de piel de sus orejas, y algo llenó su pecho: un sentimiento maravilloso.

Se alegraba de estar vivo.

—Mira eso —dijo el anciano—. Que *paice* que le gusta el viaje, pues.

—Ajá —dijo el joven.

En realidad, Edward Tulane se sentía tan feliz de estar de nuevo entre los vivos que ni siquiera se ofendió porque se refirieran a él como «eso».

Capítulo Ocho

EN TIERRA, EL VIEJO PESCADOR SE DETUVO PARA encender la pipa y, con ella entre los dientes, enfiló hacia casa llevando a Edward sobre el hombro izquierdo, como si éste fuera un héroe victorioso.

El pescador lo balanceó allí, apoyándole una encallecida mano en la espalda, y, mientras avanzaban, le habló despacio y en voz baja.

—Te ha de gustar Nellie, ya verás —dijo—. Tuvo sus pesares, pero es buena mujer.

Edward miró al pueblecito envuelto en la penumbra: un revoltijo de edificios apretujados uno junto al otro, con el océano extendiéndose ante ellos, y pensó que le gustaría cualquier lugar y cualquier persona que no estuviera en el fondo del mar.

—Hola, Lawrence —gritó una mujer desde la puerta de una tienda—. ¿Qué traes ahí?

—Pescado fresco —dijo el pescador—, conejo fresco de la mar —saludó a la señora levantándose el gorro y siguió su camino.

—Ahí la tienes —dijo el pescador.

Se quitó la pipa de la boca y, con la caña, señaló una estrella del cielo púrpura.

—Ésa es tu estrella polar, esa mismita de allá. Si sabes donde está esa amiga, no te has de perder.

Edward observó el brillo de la estrellita.

«¿Tendrán todas un nombre?», se preguntó.

—Qué cosas —dijo el pescador—, hablándole a un juguete. En fin. Ya estamos.

Y con Edward al hombro, el pescador atravesó un sendero empedrado y entró en una casita verde.

—Ven acá, Nellie —dijo—. Una cosa de la mar te *truje.*

—No quiero nada de la mar —contestó una voz

—Va, anda, no seas así, Nell. Ven y mira, pues.

Una mujer muy mayor salió de la cocina secándose las manos en el delantal.

En cuanto vio a Edward, soltó el mandil, aplaudió y dijo:

—¡Oh, Lawrence, me *trujiste* un conejo!

—Directamente del mar —dijo Lawrence.

Bajó a Edward de su hombro, lo puso de pie en el suelo y, sujetándolo por las manos, le hizo dar una profunda reverencia en dirección a Nellie.

—¡Oh! —dijo Nellie—, ¡dame! —volvió a batir palmas, y Lawrence le entregó a Edward.

Nellie lo sostuvo en alto frente a ella, lo miró de pies a cabeza y sonrió.

—¿Has visto alguna vez en tu vida algo tan lindo? —dijo.

Edward pensó de inmediato que Nellie era una mujer con criterio.

—Es preciosa —musitó la anciana.

Por un instante, Edward se quedó perplejo. ¿Es que había algún otro objeto artístico en la habitación?

—¿Cómo le llamo?

—¿Susana? —sugirió Lawrence.

—Más que mejor —dijo Nellie—. Susana —miró los ojos de Edward con suma atención—. Y, lo primerito, Susana necesita ropa, ¿a que sí?

Capítulo Nueve

ASÍ PUES, EDWARD TULANE SE CONVIRTIÓ EN Susana. Nellie le cosió varias prendas: un vestido rosa con volantes para ocasiones especiales, un vestido suelto de flores para diario y un largo camisón blanco de lino para las noches. Además, rehizo las orejas de Edward quitándoles los trocitos de piel que les quedaban y diseñando un nuevo par.

—¡Vamos! —le dijo cuando terminó—, *Estás encantadora*.

Al principio se quedó horrorizado. Después de todo, él era un conejo, un chico. No quería ir vestido de chica. Y los vestidos, incluso el de las ocasiones especiales, eran insulsísimos, pobrísimos. Carecían del estilo y el buen corte de sus trajes verdaderos. Pero entonces Edward recordó cómo había yacido en el fondo del océano, el fango en la cara, las estrellas tan lejanas, y se dijo: «¿Qué importa? Llevar vestidos no va a hacerme ningún daño».

Además, era agradable vivir en esa casita verde con el pescador y su esposa. A Nellie le encantaba hornear y se pasaba todo el día en la cocina.

Sentaba a Edward en la encimera, lo apoyaba contra el tarro de harina, le recolocaba el vestido sobre las rodillas y le curvaba las orejas para que oyera bien.

Y después se metía en faena: amasaba masa para pan y estiraba masa para galletas y pasteles.

La cocina se llenaba en seguida de olor a pan recién hecho y de los agradables aromas de la canela, el azúcar y el clavo. Las ventanas se empañaban. Y mientras trabajaba, Nellie le contaba cosas.

Le habló de sus hijos; de su hija, Lolly, que era secretaria, y de sus chicos: Ralph, que estaba en el ejército, y Raymond, que había muerto de neumonía cuando sólo contaba cinco años.

—Se ahogó por dentro —dijo Nellie—. Es algo horrible, terrible, lo peor de todo, ver que alguien que amas muere delante de ti sin que tú puedas hacer nada. Sueño con él casi todas las noches.

Nellie se enjugó las lágrimas con el dorso de las manos y sonrió a Edward.

—Creerás que soy una boba hablando con un juguete, pero a mí me parece que escuchas, Susana.

Y a Edward le sorprendió descubrir que escuchaba. Antes, cuando Abilene le hablaba, le parecía todo aburridísimo, sosísimo. Pero ahora, lo que Nellie le contaba le impresionaba como si fuera lo más importante del mundo, como si su vida dependiera de las palabras que ella pronunciaba. En consecuencia, se preguntó si le habría entrado fango del fondo del océano en la cabeza y le habría estropeado algo.

Por la tarde, cuando Lawrence volvía del mar, cenaban los tres juntos.

Edward ocupaba una silla alta de madera, y, aunque al principio le daba mucha vergüenza (una silla alta que, al fin y al cabo, era para bebés, no para conejos distinguidos), se acostumbró pronto a ella.

Le gustaba estar bien en alto viendo toda la mesa y no a las faldas del mantel, como en casa de los Tulane. Le gustaba sentir que tomaba parte en las cosas.

Todas las noches después de cenar, Lawrence decía que iba a salir para tomar un poco el aire y que quizá Susana quisiera acompañarlo. El pescador sentaba a Edward sobre su hombro, como aquella primera tarde en que se lo llevó a Nellie a casa.

Al salir encendía su pipa, colocaba a Edward sobre su hombro y, si la noche era clara, nombraba una por una las constelaciones, Andrómeda, Pegaso, al tiempo que las señalaba con la boquilla de la pipa. A Edward le encantaban las estrellas y le encantaban los nombres de las constelaciones. Le sonaban a música celestial.

A veces, sin embargo, al mirar al cielo estrellado se acordaba de Pellegrina; volvía a ver sus ojos negros y chispeantes, y volvía a sentir un escalofrío.

«Jabalíes —pensaba—. Brujas».

Pero antes de acostarlo, Nellie le cantaba una nana, una canción sobre un ruiseñor que no cantaba y un anillo de brillantes que no brillaba, y la voz de Nellie lo tranquilizaba y le hacía olvidar a Pellegrina.

La vida fue, durante mucho tiempo, una delicia.

Y, entonces, la hija de Nellie y Lawrence vino a visitarlos.

Capítulo Diez

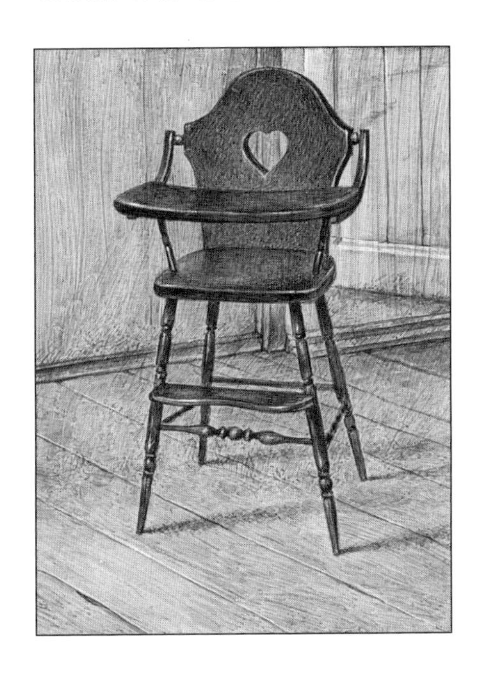

LOLLY ERA UNA MUJER LLENA DE PROTUBERANCIAS que hablaba demasiado alto y llevaba demasiado pintalabios. Según entró en la casa, descubrió a Edward sentado en el sofá del salón.

—¡¿Qué es esto?! —dijo; dejó su maleta en el suelo y levantó a Edward por un pie, sujetándolo cabeza abajo.

—Es Susana —dijo Nellie.

—¡Susana! —gritó Lolly, zarandeando a Edward.

Edward tenía el vestido sobre la cabeza y no veía nada, pero ya sentía hacia Lolly una animadversión pletórica y profunda.

—Tu padre la encontró —dijo Nellie—. La subió en una red y estaba sin ropa, por eso le hice unos vestidos.

—¡¿Ahora haces de criada?! —gritó Lolly—. ¡Los conejos no necesitan ropa!

—Bueno —dijo Nellie; le temblaba la voz—. Éste quizás sí.

Lolly tiró a Edward sobre el sofá. Él cayó bocabajo con los brazos sobre la cabeza y el vestido sobre la cara, y así se quedó durante toda la cena.

—¡¿Para qué habéis sacado esa vieja silla?! —gritó Lolly.

—Oh, para nada —dijo Nellie—. Tu padre quería pegar una pieza suelta, ¿verdad, Lawrence?

—Verdad —respondió Lawrence sin levantar la vista del plato.

Por supuesto, después de la cena, Edward no salió ni contempló las estrellas ni fumó con Lawrence. Y Nellie, por primera vez desde que Edward estaba con ellos, no le cantó una nana. De hecho, Edward fue ignorado y olvidado hasta la mañana siguiente, cuando Lolly lo volvió a agarrar, le retiró el vestido de la cara y lo miró de hito en hito.

—Tienes a los viejos embrujados, ¿no? —dijo—. He oído lo que murmuran por el pueblo: que te tratan como a una hija coneja.

Edward le sostuvo la mirada. El pintalabios de la mujer era brillante y rojo como la sangre. El conejo sintió que se levantaba una fría brisa.

¿Hay alguna puerta abierta?

—Muy bien, pues tú a mí no me engañas —dijo la mujer dándole un meneo—. Tú y yo vamos a hacer un viajecito juntas.

Aferrando a Edward por las orejas, Lolly irrumpió en la cocina y lo arrojó al cubo de la basura, de cabeza.

—¡Mami! —gritó Lolly—, ¡me llevo el camión! ¡Voy a hacer unos encargos!

—Oh —llegó trémula la voz de Nellie—, bien, cariño. Adiós, pues.

«Adiós», pensó Edward mientras Lolly cargaba el cubo en el camión.

—¡Adiós! —repitió Nellie más alto.

Edward sintió un intenso dolor en un lugar muy profundo de su pecho de porcelana.

Por primera vez en su vida, su corazón le habló.

Le dijo dos palabras: Nellie. Lawrence.

Capítulo Once

EDWARD ACABÓ EN EL VERTEDERO. ESTABA tumbado sobre cáscaras de naranja, posos de café, tocino rancio y cubiertas de neumático. Pasó la primera noche en lo alto de un montón de basura, así que pudo mirar las estrellas y encontrar consuelo en su luz.

Por la mañana, un hombre bajito empezó a trepar por la montaña de desperdicios y escombros. Al llegar a la cima de la pila más alta se detuvo, metió las manos bajo las axilas y aleteó con los brazos.

Tras cacarear a voz en cuello, vociferó:

—¿Quién soy yo? Soy Ernesto: Ernesto, rey del mundo. ¿Que por qué soy el rey del mundo? Porque soy el rey de las basuras. Y de basuras está hecho el mundo. Ja. ¡Ja, ja! Por tanto, soy Ernesto: Ernesto, rey del mundo —volvió a cacarear.

Edward estuvo tentado de compartir la opinión de Ernesto acerca del mundo; sobre todo después de su segundo día en el vertedero, cuando le echaron una carga de desperdicios justamente encima. Yacía allí enterrado en vida. No podía ver el cielo. No podía ver las estrellas. No podía ver nada.

Lo que le impidió rendirse, lo que le dio esperanzas, fue pensar en cómo iba a vengarse de Lolly en cuanto la atrapara. ¡La levantaría del suelo agarrándola por las orejas! ¡La enterraría bajo una montaña de inmundicias!

Pero después de casi cuarenta días y cuarenta noches, el peso y el olor de la basura que lo rodeaba ofuscaron los pensamientos de Edward, quien, renunciando a sus deseos de venganza, se abandonó a la desesperación. Aquello era peor, mil veces peor, que estar en el fondo del mar. Era peor porque Edward ya no era el mismo conejo. Y no sabía porqué; sólo sabía que era distinto. Recordó otra vez el cuento de Pellegrina sobre la princesa que no quería a nadie. La bruja la convirtió en jabalí porque no quería a nadie. Ahora lo entendía.

Oyó decir a Pellegrina:

—Me has decepcionado.

«¿Por qué? —le preguntó Edward—. ¿Por qué te he decepcionado?»

Pero ya conocía la respuesta. La había decepcionado por no querer a Abilene tanto como hubiera debido. Y ahora se había quedado sin ella. Y ya nunca podría remediarlo. Y también había perdido a Nellie y a Lawrence. Y los echaba terriblemente de menos. Quería estar con ellos.

El conejo se preguntó si eso era amor.

Pasaron los días, y Edward sólo era consciente del transcurso del tiempo porque cada mañana oía a Ernesto celebrar su ritual del amanecer, sus cacareos y cotorreos sobre lo de ser el rey del mundo.

En el centésimo octogésimo día de su entierro en el vertedero, la salvación de Edward llegó en forma bastante insólita. Los desperdicios que lo rodeaban se movieron, y el conejo oyó jadear y husmear a un perro; y después, un ruido de excavación frenética. La basura volvió a agitarse y de pronto, milagrosamente, la bella, la aterciopelada luz del atardecer iluminó el rostro de Edward.

Capítulo Doce

EDWARD NO TUVO MUCHO TIEMPO PARA disfrutar de la luz, porque el perro apareció súbitamente ante él, sombrío y peludo, tapándole la vista. El conejo fue extraído de la basura por las orejas, escupido y agarrado de nuevo, ésta vez por el centro, y fue sacudido ferozmente de un lado a otro.

El perro gruñía, arrojaba a Edward y le clavaba los ojos. Edward le sostenía la mirada.

—¡Eh, fuera de aquí, chucho! —dijo Ernesto, rey de las basuras y por tanto rey del mundo.

El perro agarró a Edward por el vestido rosa y echó a correr.

—¡Eso es mío, eso es mío, todas las basuras son mías! —gritó Ernesto—. ¡Vuelve aquí ahora mismo!

Pero el perrito no se detuvo.

El sol estaba en lo alto y Edward se sentía tonificado. Alguien que lo hubiera conocido antes ¿hubiera creído ahora que era inmensamente feliz entre las fauces babosas de un perro, vistiendo ropa de chica con costras de basura y siendo perseguido por un loco?

Pues lo era.

El perro corrió y corrió hasta llegar a una vía de tren. Cruzó la vía y allí, bajo un árbol escuálido, en un claro entre arbustos, Edward fue arrojado ante unos pies enormes.

El perro empezó a ladrar.

Edward alzó la vista y vio que los pies estaban sujetos a un hombre gigantesco con una larga y negra barba.

—¿Qué es esto, Lucy? —preguntó el hombre.

Se inclinó y levantó a Edward. Lo sostuvo con firmeza por la cintura.

—Lucy —dijo el hombre—, ya sé lo mucho que te gusta el pastel de conejo.

Lucy ladró.

—Sí, sí, ya lo sé. El pastel de conejo es una verdadera delicia, uno de los grandes placeres de la vida.

Lucy soltó un gemidito esperanzado.

—¿Y qué tenemos aquí? ¿Qué me has entregado tan generosamente? Sin duda, un conejo. Pero hasta el mejor cocinero del mundo se vería en apuros para transformarlo en un pastel.

Lucy gruñó.

—Este conejo es de porcelana, chica —el hombre se acercó a Edward a los ojos, y los dos se miraron atentamente—. Eres de porcelana, ¿cierto, Malone? —le dio un empujoncito cariñoso—. Has pertenecido a algún niño, ¿verdad?, y por algún motivo te han separado del niño que te quería.

Edward volvió a sentir aquel dolor intenso en el pecho. Pensó en Abilene. Vio el camino de la casa de la calle Egipto. Vio la llegada del ocaso y la carrera de Abilene para reunirse con él.

Sí, Abilene le había amado.

—En resumen, Malone —dijo el hombre. Carraspeó—, que te has perdido. Es de suponer. A Lucy y a mí nos pasa igual.

Al oír su nombre, Lucy soltó un gemidito de asentimiento.

—Quizá —dijo el hombre— quieras perderte con nosotros. Para mi gusto es mucho más agradable perderse en compañía. Yo me llamo Bull. Lucy, como ya te habrás figurado, es mi perrita. ¿Quieres venir con nosotros?

Bull aguardó un momento, mirando a Edward; después, sin dejar de sujetarlo firmemente por la cintura con ambas manos, levantó un dedo kilométrico y le empujó la cabeza hacia delante. Le hizo asentir con ella varias veces, como si el conejo manifestara su acuerdo.

—Mira, Lucy. Dice que sí —explicó Bull—. Malone quiere venir con nosotros. Es fantástico, ¿no?

Lucy bailoteó alrededor de los pies de Bull, meneando el rabo y ladrando.

Así pues, Edward empezó a andar por los caminos con un vagabundo y su perrita.

Capítulo Trece

VIAJABAN A PIE. VIAJABAN EN VAGONES DE TREN vacíos. Siempre estaban de un lado para otro.

—Pero —dijo Bull—, lo cierto es que no vamos a ninguna parte. En eso, amigo mío, radica la ironía de nuestro continuo movimiento.

Edward viajaba en la manta enrollada que Bull se colgaba al hombro. Sólo su cabeza y sus orejas sobresalían. Bull lo colocaba con cuidado para que no mirara hacia abajo ni hacia arriba pero, en cambio, siempre miraba atrás, al camino que acababan de pasar.

Por la noche dormían en el suelo, bajo las estrellas. Lucy aceptó el hecho de que Edward no era apto para el consumo y, superado el disgusto inicial, se aficionó tanto a él que dormía acurrucada a su lado. A veces hasta apoyaba el hocico sobre el estómago de porcelana, y los ruidos que hacía al dormir, sus gemidos, gruñidos y resoplidos, resonaban en el interior de Edward. Éste no se podía creer la profunda ternura que empezaba a inspirarle la perrita.

Durante la noche, mientras Bull y Lucy dormían, Edward, con sus ojos eternamente abiertos, contemplaba las constelaciones. Decía sus nombres y, después, los nombres de las personas que lo habían amado. Empezaba por Abilene y seguía con Nellie y Lawrence y de ellos pasaba a Bull y Lucy y acababa nombrando de nuevo a Abilene: «Abilene, Nellie, Lawrence, Bull, Lucy, Abilene».

«¿Ves? —le decía a Pellegrina—. Yo no soy como la princesa. Yo sé lo que es el amor».

En algunas ocasiones, Bull y Lucy se reunían con otros vagabundos alrededor de una hoguera. Bull era buen narrador y mejor cantante incluso.

—¡Cántanos algo, Bull! —gritaban los hombres.

Después de sentarse, con Lucy apoyada en su pierna izquierda, Bull se colocaba a Edward sobre la rodilla derecha y cantaba desde algún lugar que tenía muy adentro. Y Edward se daba cuenta de que, al igual que los gemidos y gruñidos de Lucy por la noche, las tristes y sentidas canciones de Bull se colaban en su interior. A Edward le gustaba mucho oírle cantar.

Y también le estaba agradecido, porque Bull se había dado cuenta de que un vestido de chica no era apropiado para él.

—No es mi deseo ofenderte, Malone —dijo Bull una noche—, ni hacer comentarios negativos sobre tu atuendo, pero me veo en la obligación de comunicarte que ese traje de princesa que llevas no te pega ni con cola. Y además, repito que sin ánimo de ofender, el vestido ha conocido días mejores.

El bonito vestido de Nellie no había resistido bien la estancia en el vertedero y las excursiones posteriores con Bull y Lucy. Estaba tan sucio, tan desgarrado y tan lleno de agujeros que ya no parecía ni un vestido.

—Se me ocurre una solución —dijo Bull—, y espero que sea de tu agrado.

Buscó su gorro de lana y cortó un orificio grande en la parte superior, así como dos pequeños en los laterales; después le quitó el vestido a Edward.

—No mires, Lucy —le dijo a la perrita—, no avergoncemos a Malone contemplando su desnudez.

Bull deslizó el gorro sobre la cabeza de Edward, lo estiró y metió los brazos del conejo por los agujeritos.

—Listo —le dijo a Edward—. Lo único que nos falta son los pantalones.

Él mismo improvisó la prenda, cortando y cosiendo varios pañuelos rojos, para cubrir las largas piernas de Edward.

—Ahora ya tienes pinta de proscrito —dijo Bull, echándose hacia atrás para admirar su obra—. Ahora ya pareces un conejo prófugo.

Capítulo Catorce

—¡Deja eso! —le gritó a Rosita.

—Porque —dijo Pellegrina— era una princesa que no quería a nadie y a quien no le importaba el amor, a pesar de que muchos la amaban.

Y se hundió y se hundió y se hundió.

—Es preciosa —musitó la anciana.

A Edward le gustaba mucho oírle cantar.

«He sido amado», les dijo Edward a las estrellas.

—Sshh —le dijo al conejo mientras lo acunaba.

—Vamos, Tilín.

—Puedes mirar, pero después te vas y no vuelves.

El corazón de Edward se estremeció.

AL PRINCIPIO, LOS OTROS PENSABAN QUE Edward era una gran broma.

—¡Un conejo! —decían con fuertes risotadas los vagabundos—. Vamos a cortarlo en pedacitos y a echarlo al estofado.

O, cuando Bull se sentaba y colocaba cuidadosamente a Edward sobre la rodilla, alguno vociferaba:

—¿Te has agenciado una muñequita, Bull?

Edward, por supuesto, se sentía invadido por una furia intensa en cuanto oía lo de *muñequita*, pero Bull no se enfadaba nunca.

Se limitaba a sentarse con Edward en la rodilla, sin decir palabra. Los hombres se acostumbraron enseguida a Edward, y se corrió la voz de su existencia. Tanto que cuando se detenían en una hoguera de otro pueblo, otro estado, otro lugar completamente distinto, los errantes conocían a Edward y se alegraban de verlo.

—¡Malone! —gritaban al unísono.

Y Edward sentía una cálida oleada de satisfacción al ser reconocido, porque sabían quién era.

Tuviera o no su origen en la cocina de Nellie, la extraña habilidad que había desarrollado el conejo para sentarse muy quieto y concentrar toda su atención en las historias de otro, se consideraba de inestimable valor en torno a una hoguera de vagabundos.

—¡Fijaos en Malone! —dijo una noche un hombre llamado Jack—. ¡Escucha cada condenada palabra!

—Pues claro —dijo Bull—, por supuesto que escucha.

Más entrada la noche, Jack se acercó a ellos, se sentó cerca de Bull y le preguntó si le prestaba el conejo. Bull le entregó a Edward, y Jack, sentándolo en sus rodillas, le susurró al oído:

—Elena, Jack Junior y Taffy, la pequeña. Ésos son los nombres de mis niños. Están en Carolina del Norte. ¿Has estado alguna vez en Carolina del Norte? Es un bonito estado. Allá es donde están. Elena. Jack Junior. Taffy. Acuérdate de sus nombres, Malone, ¿vale Malone?

Después de esto, fueran donde fueran Bull, Lucy y Edward, algún vagabundo se llevaba aparte a Edward y le susurraba los nombres de sus hijos. Betty. Ted. Nancy. William. Jimmy. Eileen. Skipper. Faith.

Edward sabía lo que era repetir una y otra vez los nombres de los que habías dejado. Sabía lo que era perder a alguien. Y por eso escuchaba. Y al escuchar, su corazón se abrió de par en par y más aún.

El conejo estuvo perdido con Lucy y Bull durante mucho tiempo. Pasaron casi siete años y, en ese lapso, Edward se transformó en un excelente errabundo: feliz cuando estaba en el camino, inquieto cuando se detenía.

El sonido de las ruedas del tren sobre las vías se convirtió en una música que le relajaba. Hubiera podido pasarse toda la vida viajando en tren. Pero una noche, en un depósito ferroviario de Memphis, mientras Bull y Lucy dormían en un vagón de carga vacío y Edward velaba, hubo problemas.

Un hombre entró en el vagón, enfocó una linterna a la cara de Bull y lo pateó para despertarle.

—Tú, vago —dijo—, vago roñoso. Estoy cansado de que os coléis todos a dormir por todas partes. Esto no es un motel.

Bull se sentó lentamente. Lucy se puso a ladrar.

—Calla la boca —dijo el hombre, propinándole una veloz patada a Lucy en un costado que la hizo gañir de sorpresa.

Edward había sabido toda la vida lo que era: un conejo de porcelana, un conejo con brazos y piernas y orejas que se doblaban.

Él también se doblaba, pero sólo si estaba en manos de otro.

No podía moverse por sí mismo.

Y nunca lo había sentido tanto como lo sintió aquella noche cuando él, Bull y Lucy fueron descubiertos en el vagón vacío.

Edward quería defender a Lucy, pero no podía hacer nada. Lo único que podía hacer era quedarse tumbado y esperar.

—Habla —exigió el hombre a Bull.

Bull extendió las manos y dijo:

—Nos hemos perdido.

—Perdido, ¡ja! Puedes apostar a que lo estás —y entonces, enfocando la linterna hacia Edward, el hombre preguntó—: ¿Qué es eso?

—Es Malone —dijo Bull.

—¿Qué demonios...? —el hombre dio unos golpecitos a Edward con la punta de la bota—.

Se está yendo todo al garete.

Se está desmandando todo. En mi turno, no. No, señor. Cuando yo esté al cargo, no.

El tren empezó a moverse de repente, dando bandazos.

—No, señor —repitió el hombre; miró a Edward—. Viajes gratis para conejos, no —se giró y deslizó la puerta del vagón hasta abrirla por completo, después se volvió a girar y con una rápida patada envió a Edward hacia la oscuridad de la noche.

El conejo voló, cruzando el aire de finales de primavera.

Detrás de él, a lo lejos, escuchó el aullido angustiado de Lucy:

—*¡Arruuuuuuuuu! ¡Arrrrrruuuuuuuu!* —lloraba.

Edward aterrizó con un *crac* muy alarmante, y después

cayó rodando y rodando y rodando por una colina de grava. Cuando al fin se paró, lo hizo de espaldas, de cara al cielo.

El mundo estaba en silencio.

No podía oír a Lucy.

No podía oír el tren.

Edward miró las estrellas.

Empezó a decir los nombres de las constelaciones, pero se detuvo.

«Bull —dijo su corazón—. Lucy».

Edward se preguntó cuántas veces más habría de irse sin tener la oportunidad de decir adiós.

Un grillo solitario dio comienzo a su cántico.

Edward escuchó.

Le dolía algo, muy adentro.

Le hubiera gustado ser capaz de llorar.

Capítulo Quince

POR LA MAÑANA, CUANDO EL SOL SALIÓ Y EL canto de los grillos dio paso al gorjeo de los pájaros, una mujer de avanzada edad que atravesaba el camino tropezó con Edward.

—Mmmm —dijo, y empujó al conejo con su caña de pescar.

—Parece un conejo —añadió; dejó su cesta en el suelo y se inclinó para mirar a Edward—. Pero no es de verdad.

Se irguió.

—Mmmm —repitió; se rascó la espalda—. Yo digo que hay un uso para todo y todo es útil para algo. Eso digo yo.

A Edward le importaba un comino lo que dijera. El terrible dolor que había sentido la noche anterior ya no existía; había sido reemplazado por otro sentimiento, de vacío y desesperanza.

«Me lleves o no me lleves —pensó el conejo—, me da exactamente igual».

La anciana se lo llevó.

Lo dobló y lo metió en su cesta, que olía a hierbajos y a pescado, y prosiguió su camino balanceando la cesta y cantando:

—Nadie sabe lo mucho que he *penadooo*.

Edward, a su pesar, escuchó.

«Yo también he *penado* mucho —pensó—. Puedes apostar a que sí. Y por lo visto aún me quedan penas que padecer».

Edward llevaba razón. Sus problemas no habían terminado.

La anciana le encontró un uso.

Lo colgó de un poste en su huerto de verduras. Clavó sus orejas al poste de madera, extendió sus brazos como si volara, y le ató las muñecas y los tobillos con alambre. Además de Edward, del poste colgaban bandejas pasteleras que traqueteaban, tintineaban y rutilaban a la luz matutina.

—Más que fijo que los vas a espantar —dijo la anciana.

«¿A quiénes tengo que espantar?», pensó Edward.

Enseguida descubrió que a los pájaros.

Cuervos. Volaban hacia él, graznando y carcajeándose, girando por encima de su cabeza, lanzándose en picado sobre sus orejas.

—Venga, Clyde —dijo la mujer batiendo palmas—. Que tienes que hacerte el feroz.

¿Clyde? Edward sintió un hastío tan inmenso que pensó que sería capaz hasta de suspirar en alto.

¿Se cansaría alguna vez la gente de llamarlo por un nombre que no era el suyo?

La anciana volvió a dar palmas.

—¡A trabajar, Clyde! —dijo—. Espanta a esos pájaros.

Y después se alejó, salió del huerto y entró en su casita.

Los pájaros eran insistentes. Volaban alrededor de la cabeza del conejo. Tiraban de los hilos sueltos de su suéter. Un cuervo grande, en especial, no lo dejaba en paz. Se posó en el poste y aulló un siniestro mensaje en la oreja izquierda de Edward: *Cao, cao, cao* y más *cao*. Cuando el sol se elevó y brilló con más fuerza, Edward empezó a marearse. Confundió al gran cuervo con Pellegrina.

«Vete —pensó—. Conviérteme en jabalí si quieres. Me da igual. Ya no me importa nada».

—*Cao, cao* —dijo el cuervo Pellegrina.

Finalmente, el sol se puso y los pájaros se fueron. Edward, colgado de las orejas, miró el cielo nocturno.

Vio las estrellas pero, por primera vez en su vida, no sintió consuelo al mirarlas. En lugar de eso, sintió que se burlaban de él.

Parecía que las estrellas le dijeran: «Estás ahí abajo, solo, y nosotras aquí arriba, en nuestras constelaciones, juntas».

«He sido amado», dijo Edward a las estrellas.

«¿Y qué? —les dijeron las estrellas—. ¿De qué te sirve si ahora estás solo?»

A Edward no se le ocurrió respuesta alguna.

Por último, el cielo se iluminó y las estrellas fueron desapareciendo una tras otra.

Los pájaros volvieron y la anciana salió al huerto.

Le acompañaba un niño.

Capítulo Dieciséis

—BRYCE —DIJO LA ANCIANA—, LARGO DE AHÍ. No te pago para que te quedes mirando al conejo como un bobalicón.

—Sí, señora —dijo Bryce. Se enjugó la nariz con el dorso de la mano y siguió mirando a Edward. Los ojos del chico eran marrones con reflejos dorados.

—Eh —susurró a Edward.

Un cuervo se posó en la cabeza del conejo, y el chico agitó los brazos y gritó:

—¡Vete, largo de ahí! —el pájaro extendió las alas y alzó el vuelo.

—¡Bryce! —gritó la anciana.

—*¿Señora?* —dijo Bryce.

—Largo de ahí. Ponte a trabajar. No quiero tener que repetírtelo.

—Sí, *señora* —dijo Bryce. Se limpió la nariz de nuevo—. Volveré para llevarte —le dijo a Edward.

El conejo pasó el día colgando de las orejas, cociéndose al sol, mirando cómo la mujer y Bryce arrancaban las malas hierbas y pasaban la azada por el huerto. Cada vez que la mujer no miraba, Bryce le saludaba con la mano.

Los pájaros volaban en círculos sobre la cabeza de Edward, carcajeándose de él.

«¿Cómo será eso de tener alas?», se preguntó Edward. Si él hubiera tenido alas cuando lo tiraron por la borda, no se hubiera hundido hasta el fondo del mar. En lugar de eso, hubiera volado en dirección contraria, hacia arriba, hacia el ancho y luminoso cielo azul. Y cuando Lolly lo arrojó al vertedero, hubiera salido volando de la basura, la hubiera seguido y se hubiera posado en su cabeza, sujetándose bien con sus afiladas garras. Y en el tren, cuando el hombre lo pateó, no hubiera caído al suelo; en lugar de eso, se hubiera elevado y se hubiera entado en el techo del tren y se hubiera reído del hombre: *Cao, cao, cao.*

A última hora de la tarde, Bryce y la anciana se fueron del campo. Bryce le guiñó un ojo a Edward al pasar por su lado. Uno de los cuervos se posó en el hombro de Edward y picoteó su cara de porcelana, recordándole con cada picotazo que no tenía alas y que no sólo no podía volar, sino que no podía moverse por sí mismo, de ninguna manera.

El anochecer descendió sobre el campo y después cayó la verdadera oscuridad. Un chotacabras cantó y volvió a cantar: *Auu uuy, auu uuy, auu uuy.* Era el canto más triste que Edward había oído jamás. Y entonces oyó otra melodía, el son de una armónica.

Bryce salió de las sombras.

—¡Eh! —le dijo a Edward. Se limpió la nariz con el dorso de la mano y tocó otro poco de música—. Apuesto a que pensaste que no iba a venir. Pues vine. Vine a salvarte.

«Demasiado tarde —pensó Edward mientras Bryce trepaba por el poste y desataba los alambres de sus muñecas—. Sólo soy un conejo vacío».

«Demasiado tarde —pensó Edward mientras Bryce le desclavaba las orejas—. Sólo soy un muñeco de porcelana».

Pero cuando el último clavo fue extraído y el conejo cayó en los brazos del chico, sintió una oleada de alivio, y la sensación de alivio fue sustituida por otra de felicidad.

«Quizá —pensó— no sea demasiado tarde después de todo; quizá aún pueda ser salvado».

Capítulo Diecisiete

BRYCE SE ECHÓ A EDWARD AL HOMBRO Y empezó a andar.

—Te vine a buscar por Sara Ruth —dijo—. Tú no conoces a Sara Ruth.

Es mi hermana. Está enferma.

Tenía una muñeca bebé de porcelana. Le encantaba esa muñeca bebé.

Pero él la rompió.

Él la rompió.

Estaba borracho y la pisó y le aplastó la cabeza en millones y millones de pedazos.

Y como los pedazos eran tan chicos, no pude juntarlos.

No fui capaz.

Lo intenté un montón de veces.

En ese momento Bryce se detuvo, meneó la cabeza y se secó la nariz con el dorso de la mano.

—Desde entonces Sara Ruth no tiene nada para jugar. Él no quiere comprarle nada. Dice que ella no necesita nada. Dice que no necesita nada porque no va a vivir.

Pero él no lo sabe.

Bryce echó a andar de nuevo.

—Él no lo sabe —dijo.

Edward no tenía claro quién era «él». Lo que sí tenía claro es que iba a ser dado a una niña para reemplazar a una muñeca. Una muñeca.

¡Con lo que detestaba Edward a las muñecas! Y que hubieran pensado en él para hacer de sustituto de una muñeca le ofendía.

Pero aún así, tuvo que admitirlo, era una alternativa muy preferible a estar colgado de las orejas en un poste.

La choza en la que vivían Bryce y Sara Ruth era tan pequeña y estaba tan torcida que, al pronto, Edward pensó que no se trataba de una casa. Creyó que era un gallinero. En el interior había dos camas, una lámpara de queroseno y poco más. Bryce dejó a Edward a los pies de una de las camas y encendió la lámpara.

—Sara —susurró—, Sara Ruth. Despierta, cielo. *Te truje* una cosa —sacó la armónica de su bolsillo y tocó el principio de una melodía sencilla.

La niña se sentó en la cama y, de inmediato, empezó a toser. Bryce le apoyó una mano en la espalda.

—No pasa nada —le dijo—. No tienes nada.

Era pequeña, de unos cuatro años; su cabello era rubio claro e, incluso a la débil luz de la lámpara, Edward advirtió que sus ojos irradiaban los mismos reflejos dorados que los de su hermano.

—No pasa nada —dijo Bryce—. Tú tose todo lo que quieras.

Sara Ruth le dio el gusto. Tosió y tosió y tosió. En la pared de la casucha, la lámpara de queroseno arrojaba la pequeña, temblorosa y encorvada sombra de la niña. La tos era el sonido más triste que Edward había oído jamás, más triste aún que el canto lastimero del chotacabras. Por fin, Sara Ruth dejó de toser.

Bryce le preguntó:

—¿Quieres ver lo que te *truje*?

Sara Ruth asintió con la cabeza.

—Cierra los ojos, venga.

La niña cerró los ojos.

Bryce agarró a Edward y lo puso firme como un soldado a los pies de la cama.

—Ya está; puedes abrir los ojos.

Sara Ruth abrió los ojos, y Bryce movió las piernas y los brazos de porcelana de modo que pareciera que Edward bailaba.

Sara Ruth se rió y aplaudió.

—Conejito —dijo.

—Es para ti, cielo —dijo Bryce.

Sara Ruth miró a Edward, y luego a Bryce y después de nuevo a Edward, con ojos desorbitados e incrédulos.

—Es tuyo.

—¿Mío?

Sara Ruth, según Edward no tardó en descubrir, raramente decía más de una o dos palabras a la vez.

Las palabras, al menos las hiladas en mayor cantidad,

le provocaban tos. Ella misma se las racionaba. Decía sólo lo imprescindible.

—Tuyo —dijo Bryce—. Lo *truje* para ti sola.

Este nuevo dato le provocó otro ataque de tos a Sara Ruth, que se volvió a encorvar.

Cuando dejó de toser, se desencorvó y extendió las manos.

—Toma —dijo Bryce entregándole a Edward.

—Bebé —dijo Sara Ruth.

Meció a Edward a izquierda y derecha, le miró fijamente a los ojos y sonrió.

Nunca en la vida había sido Edward acunado como un bebé. Ni siquiera por Nellie.

Y por Bull, menos.

Era una sensación singular ser sostenido con tanta dulzura y con tanta fuerza al mismo tiempo; ser mirado con tanta intensidad y con tanto amor.

Edward sintió que el afecto se le desbordaba por todos los poros de su cuerpo de porcelana.

—¿Vas a ponerle nombre, cielo? —preguntó Bryce.

—Tilín —dijo Sara Ruth con los ojos clavados en Edward.

—¿Tilín, eh? Es buen nombre. Me gusta ese nombre.

Bryce le dio palmaditas a Sara Ruth en la cabeza. Ella siguió mirando a Edward de hito en hito.

—Sshh —le dijo al conejo mientras lo acunaba.

—Desde que lo vi —dijo Bryce— supe que era para ti. Dije para mí, me dije «Ese conejo es para Sara Ruth, segurito».

—Tilín —musitó Sara Ruth.

En el exterior tronó y, a continuación, la lluvia empezó a repiquetear sobre el tejado de lata. Sara Ruth meció a Edward a izquierda y derecha, a izquierda y derecha; Bryce sacó su armónica y empezó a tocar al ritmo de la lluvia.

Capítulo Dieciocho

BRYCE Y SARA RUTH TENÍAN PADRE.

Al día siguiente, muy de mañana, cuando la luz era gris y débil, y Sara Ruth estaba sentada en la cama, tosiendo, el padre llegó a casa. Agarró a Edward por una oreja y dijo:

—Nunca lo vi.

—Es una muñeca bebé —dijo Bryce.

—Pues a mí no me parece una muñeca bebé.

Edward, colgado de la oreja, sintió terror. Éste, sin duda, era el hombre que machacaba cabezas de muñecos de porcelana.

—Tilín —dijo Sara Ruth entre toses. Extendió las manos.

—Es de ella —dijo Bryce—. Es suyo.

El padre dejó caer a Edward sobre la cama, y Bryce recogió el conejo y se lo dio a Sara.

—¿Y qué? —dijo el padre—. Eso no importa nada. Ni un pimiento.

—Importa mucho —dijo Bryce.

—¡Más respeto! —dijo el padre. Levantó la mano y abofeteó a Bryce en la boca; después dio media vuelta y salió de la choza.

—No te preocupes —le dijo Bryce a Edward—. No es más que un matón. Y además nunca está en casa.

Por suerte, el padre no volvió aquel día. Bryce se fue a trabajar y Sara Ruth pasó el día en la cama, sosteniendo a Edward en el regazo y jugando con una caja llena de botones.

—Bonito —le dijo a Edward mientras colocaba los botones sobre la cama y dibujaba figuras con ellos.

A veces, si le daba un ataque de tos muy fuerte, apretujaba tanto a Edward que éste temía ser partido en dos. Otras, entre ataque y ataque, chupaba una de las orejas del conejo. En condiciones normales, Edward hubiera encontrado este comportamiento impertinente y succionador de lo más irritante, pero Sara Ruth significaba algo especial. Él quería cuidarla. Quería protegerla. Quería hacer todo lo *más* que pudiera por ella.

Al terminar el día, Bryce volvió con una galleta para Sara Ruth y un ovillo de cordel para Edward.

Sara Ruth sostuvo la galleta con ambas manos y le dio mordisquitos vacilantes.

—Cómetela toda, cielo. Deja que sostenga yo a Tilín —dijo Bryce—. Él y yo te vamos a dar una sorpresa.

Bryce se llevó a Edward a un rincón y, con su navaja, cortó trozos de cordel que ató a las muñecas y los tobillos de Edward; luego amarró el cordel a palitos de madera.

—Verás, lo he *repensao* todo el día —dijo Bryce al conejo—, te vamos a hacer bailar. A Sara Ruth le encantaba bailar. Mamá la agarraba y bailaba con ella por toda la casa.

—¿Te comiste la galleta? —le gritó a Sara Ruth.

—Ajá —respondió Sara Ruth.

—Pues espera, cielo. Tenemos una sorpresa para ti —Bryce se irguió—. Cierra los ojos —le dijo. Llevó a Edward a la cama de la niña y añadió—: Vale, ya los puedes abrir.

Sara Ruth abrió los ojos.

—Baila, Tilín —dijo Bryce. Y, entonces, moviendo los palitos con una sola mano, Bryce hizo que Edward bailara, se cayera y se bamboleara. Al tiempo, tocaba una música alegre y cadenciosa con la armónica.

Sara Ruth rió. Rió hasta que empezó a toser, y entonces Bryce soltó a Edward, puso a Sara Ruth en su regazo, la meció y le pasó la mano por la espalda.

—¿Quieres tomar aire fresco? —le preguntó—. Vamos a sacarte de este aire rancio y pocho, ¿eh?

Bryce sacó a su hermana de la casucha. Dejó a Edward sobre la cama, y el conejo, mirando fijamente el techo tiznado de humo, pensó otra vez en lo de tener alas. Pensó que si las tuviera, volaría por encima del mundo, donde el aire sería limpio y claro, y se llevaría a Sara Ruth con él. Se la llevaría en brazos. Era de suponer que tan por encima del mundo, ella podría respirar sin toser.

Al poco, Bryce entró con Sara Ruth.

—Quiere que tú estés también —dijo.

—Tilín —dijo Sara Ruth extendiendo las manos.

Así que Bryce sostuvo a Sara Ruth, y Sara Ruth sostuvo a Edward, y los tres se quedaron al aire libre.

Bryce dijo:

—Tienes que buscar estrellas fugaces. Son las que tienen magia.

Estuvieron quietos mucho rato, mirando al cielo. Sara Ruth dejó de toser. Edward pensó que se habría dormido.

—Allí —dijo la niña señalando una estrella que atravesaba el cielo nocturno.

—Pide un deseo, cielo —dijo Bryce, con la voz alta y firme—. Ésa es tu estrella. Pide todo lo que quieras.

Y aunque la estrella pertenecía a Sara Ruth, Edward también pidió un deseo.

Capítulo Diecinueve

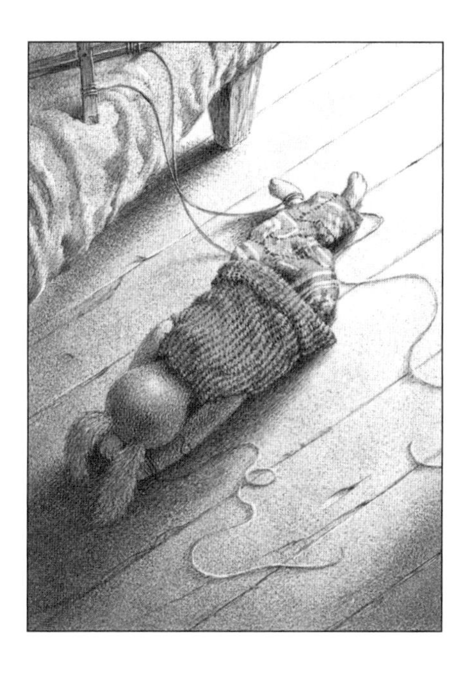

LOS DÍAS PASARON. EL SOL SALIÓ Y SE PUSO, salió y se puso una y otra vez. El padre aparecía de cuando en cuando. Las orejas de Edward solían estar empapadas, pero le daba igual. Su suéter estaba casi deshilachado, pero no le importaba. Era abrazado hasta la extenuación, y le sentaba bien. Por las noches, en manos de Bryce, al final del cordel, el conejo bailaba sin parar.

Transcurrió un mes y luego dos y después tres. Sara Ruth empeoró. En el quinto mes se negó a comer. Y en el sexto empezó a toser sangre. Su respiración se volvió irregular y débil, como si entre aspiración y espiración intentara recordar qué hacer, en qué consistía aquello de respirar.

—Respira, cielo —decía Bryce inclinándose sobre ella.

«Respira —pensaba Edward desde los brazos de la niña—. Por favor, por favor, respira».

Bryce ya no salía de casa. Pasaba el día sentado con Sara Ruth en el regazo, meciéndola a izquierda y derecha y cantándole. En una luminosa mañana de septiembre, Sara Ruth dejó de respirar.

—Ay, no —dijo Bryce—. Ay, cielo, respira un poco más. Por favor.

Edward se había caído de los brazos de Sara Ruth la noche anterior, y ella no había vuelto a preguntar por él. Por eso, bocabajo en el suelo, con los brazos sobre la cabeza, Edward escuchó que Bryce sollozaba. Escuchó que el padre volvía a casa y le gritaba a Bryce. Escuchó sollozar al padre.

—¡Tú no llores! —gritó Bryce—. ¡Tú no tienes derecho a llorar! Nunca la has querido. No sabes lo que es querer.

—Yo la quería —dijo el padre—. La quería.

«Yo también la quería —pensó Edward—. La quería y ahora se ha ido».

«¿Qué voy a hacer? —se preguntó—. ¿Cómo voy a vivir en un mundo donde no vive ella?»

El griterío entre padre e hijo continuó, y hubo un momento

terrible cuando el padre insistió en que Sara Ruth era suya, en que era su nena, su nenita, y en que iba a enterrarla.

—¡No es tuya! —aulló Bryce—. ¡No la toques! ¡No es tuya!

Pero el padre era más fuerte y más grande, y su voluntad prevaleció. Envolvió a Sara Ruth en una manta y se la llevó con él. La casita se quedó en absoluto silencio. Edward oía que Bryce daba vueltas y revueltas, hablando consigo mismo. Y entonces, por fin, el chico levantó del suelo a Edward.

—Vamos, Tilín —dijo—. Nos marchamos. Nos vamos a Memphis.

Capítulo Veinte

—¿CUÁNTOS CONEJOS QUE BAILEN VISTE EN TU vida? —preguntó Bryce a Edward—. Te digo los que vi yo. Uno. Tú. Así que tú y yo vamos a ganar algún dinero. La última vez que estuve en Memphis, lo vi. Hay tipos que hacen espectáculos por las esquinas, y la gente paga para verlos. Lo vi.

La caminata hasta la ciudad les llevó toda la noche. Bryce no se detuvo ni una sola vez. Llevaba a Edward bajo el brazo y hablaba sin parar. Edward intentaba escucharlo, pero la espantosa sensación de espantapájaros había vuelto, la sensación que tenía cuando colgaba de las orejas en el huerto de la anciana, la sensación de que nada importaba, de que nada volvería a importar nunca.

Edward no sólo se sentía vacío: estaba adolorido. Le dolían todas y cada una de las partes de su cuerpo de porcelana. Suspiraba por Sara Ruth. Quería que ella lo acunara. Quería bailar para ella.

Y bailó, pero no para Sara Ruth. Bailó para extraños en una mugrienta esquina de una calle de Memphis. Bryce tocaba la armónica y movía los hilos de Edward, y éste hacía reverencias y arrastraba los pies y se meneaba; y la gente se paraba para verlo, señalaba con el dedo y se reía. En el suelo, delante de ellos, se encontraba la caja de botones de Sara Ruth. La tapa estaba abierta para que la concurrencia se animara a echar dinero.

—Mamá —dijo un niño pequeño—, mira qué conejito. Yo quiero tocarlo —extendió la mano hacia Edward.

—No —dijo su madre—, sucio —y, tirando del niñito para separarlo de Edward, añadió—: ¡Sucio!

Un hombre con sombrero se detuvo para mirar a Edward y a Bryce.

—Bailar es pecado —dijo. Y, después de una larga pausa, añadió—: Y para los conejos más.

El hombre se quitó el sombrero y lo apoyó sobre su pecho.

Se quedó allí, mirándolos, largo rato. Después se encasquetó el sombrero y se marchó.

Las sombras se alargaron. El sol se transformó en una bola anaranjada y polvorienta. Bryce se echó a llorar. Edward vio cómo caían sus lágrimas sobre la acera, pero el chico no dejó de tocar la armónica. No dejó de mover a Edward.

Una anciana que caminaba apoyándose en un bastón se les acercó y miró con atención a Edward, clavándole sus ojos profundos y oscuros.

«¿Pellegrina?», pensó el conejo bailarín.

Ella asintió con la cabeza.

«Mírame —le dijo Edward agitando brazos y piernas—. Mírame. Ya has conseguido lo que querías. He aprendido a amar. Y es espantoso. Estoy roto. Mi corazón está roto. Ayúdame».

La anciana dio media vuelta y se fue.

«¡Vuelve! —pensó Edward—. ¡Arréglame!»

Bryce lloró con mayor desconsuelo aún e hizo bailar a Edward más deprisa.

Por último, cuando el sol se puso y las calles se quedaron desiertas, Bryce dejó de tocar la armónica.

—¡Ya está bien! —dijo. Soltó a Edward sobre la acera—. No pienso llorar nunca más.

Se enjugó la nariz y los ojos con el dorso de la mano. Recogió la caja del suelo y miró dentro.

—Tenemos bastante para comer algo —dijo—. Vamos, Tilín.

Capítulo Veintiuno

LA CAFETERÍA SE LLAMABA NEAL'S. EL NOMBRE estaba escrito con grandes letras rojas de neón que se apagaban y se encendían. El interior, cálido y bien iluminado, olía a pollo frito, tostadas y café.

Bryce se sentó al mostrador y colocó a Edward en el taburete de al lado. Apoyó la frente del conejo en el mostrador para que no se cayera.

—¿Qué vas a tomar, encanto? —preguntó la camarera a Bryce.

—*Me ponga* unos bollos —contestó Bryce— y unos huevos y un filete. Quiero un filete de los grandes. Y unas tostadas. Y café.

La camarera se inclinó, agarró una oreja de Edward y lo echó hacia atrás para verle la cara.

—¿Es tu conejo? —preguntó.

—Sí, señora. Ahora es mío. Era de mi hermana —Bryce se secó la nariz con el dorso de la mano—. Estamos en el mundo del espectáculo, él y yo.

—¿En serio? —dijo la camarera. Llevaba una placa con su nombre en el vestido. *Marlene*, decía. Miró la cara de Edward, después le soltó la oreja y él se inclinó hacia delante hasta que su cabeza topó con el mostrador.

«¡Hale, Marlene! —pensó Edward—. Tócame. Hazme lo que se te antoje. ¿Qué importa ya? Estoy roto. Roto».

La cena fue servida, y Bryce se lo comió todo sin levantar la cabeza.

—Vaya, sí que tenías hambre —dijo Marlene mientras retiraba los platos—. Supongo que el negocio del espectáculo es muy cansado.

—Sí, señora —respondió Bryce.

Marlene dejó la cuenta sobre el mostrador, bajo la taza de café.

Bryce la sacó, la miró y meneó la cabeza.

—No tengo bastante —le dijo a Edward.

—Señora —le dijo a Marlene cuando ella se detuvo para llenarle la taza de café—. No tengo bastante.

—¿De qué, encanto?

—Que no tengo bastante dinero.

Ella dejó de verter café en la taza y miró al chico.

—Eso vas a tener que decírselo a Neal.

Neal resultó ser el cocinero además del propietario. Era un hombre corpulento, pelirrojo y rubicundo, que salió de la cocina con una cuchara de servir en la mano.

—¿Has entrado aquí con hambre, no? —preguntó a Bryce.

—Sí, señor —respondió Bryce. Se enjugó la nariz con el dorso de la mano.

—Y pediste comida y yo la cociné y Marlene te la trajo, ¿no?

—Supongo —dijo Bryce.

—¿Que lo supones? —dijo Neal. Estampó la cuchara contra el mostrador. *Plam.*

Bryce respingó.

—Sí, señor. Digo, no, señor.

—Yo. Cociné. Comida. Para. Ti —dijo Neal.

—Sí, señor —dijo Bryce. Levantó a Edward del taburete y lo abrazó. Todos los clientes de la cafetería habían dejado de comer. Todos miraban al muchacho, al conejo y a Neal. Sólo Marlene apartó la vista.

—Tú la has pedido. Yo la he cocinado. Marlene te la ha servido. Tú te la has comido. Y ahora —dijo Neal—, yo quiero mi dinero —tamborileó con la cuchara en el mostrador.

Bryce carraspeó.

—¿Vio bailar a un conejo? —dijo.

—¿Qué dices?

—¿Vio bailar a un conejo alguna vez?

Bryce dejó a Edward en el suelo y empezó a tirar del cordel atado a sus tobillos, haciendo que arrastrara suavemente los pies. Se llevó la armónica a la boca y tocó una canción triste que acompañaba al baile.

Alguien rió.

Bryce se quitó la armónica de la boca y dijo:

—Puede bailar más si usted quiere. Puede bailar para pagar lo que he comido.

Neal miró fijamente a Bryce. Y entonces, sin previo aviso, se agachó y agarró a Edward.

—Esto opino yo de los conejos danzantes —dijo Neal.

Y balanceó a Edward cabeza abajo, agarrándolo por los pies; y lo balanceó de tal modo que su cabeza golpeó con fuerza el borde del mostrador.

Se oyó un sonoro *crac*.

Bryce aulló.

Y el mundo, el de Edward al menos, se quedó a oscuras.

Capítulo Veintidós

ANOCHECÍA Y EDWARD CAMINABA POR UNA acera. Había estado caminando por sí mismo, poniendo un pie delante del otro, sin ayuda de nadie. Vestía un elegante traje de seda roja.

Anduvo por la acera y, después, por un camino que conducía a una casa de ventanas iluminadas.

«Conozco esta casa —pensó Edward—. Es la casa de Abilene. Estoy en la calle Egipto».

Lucy salió corriendo por la puerta principal, ladrando y saltando y meneando el rabo.

—Quieta, chica —dijo una voz grave y áspera.

Edward levantó la cabeza y... allí estaba Bull, en el umbral de la puerta.

—¡Hola, Malone! —dijo Bull—. ¡Hola viejo amigo pastel de conejo! Te esperábamos —Bull abrió la puerta de par en par y Edward entró.

Abilene estaba allí, y Nellie y Lawrence y Bryce.

—¡Susana! —llamó Nellie.

—¡Tilín! —saludó Bryce.

—¡Edward! —exclamó Abilene. La niña abrió los brazos para acogerle, pero Edward no se movió; miró a su alrededor.

—¿Buscas a Sara Ruth? —preguntó Bryce.

Edward asintió con la cabeza.

—Si quieres verla tendrás que salir —dijo Bryce.

Así que todos salieron, Lucy y Bull y Nellie y Lawrence y Bryce y Abilene y Edward.

—Está allí —dijo Bryce. Señaló a las estrellas.

—Sí —dijo Lawrence—, ésa es la constelación Sara Ruth —subió a Edward sobre su hombro—. Si miras ahí, la verás.

Edward sintió una punzada de dolor, profundo y dulce y familiar. ¿Por qué tenía que estar Sara Ruth tan lejos?

«Si tuviera alas —pensó—, podría volar hasta ella».

Por el rabillo del ojo, el conejo vio que algo se agitaba.

Miró por encima de su hombro y allí estaban: las más magníficas alas jamás vistas, naranjas, rojas, azules y amarillas. Y las tenía en su espalda. Le pertenecían. Eran sus alas.

¡Qué noche más maravillosa! Caminaba solo, vestía un elegante traje nuevo y, encima, tenía alas. Podía volar a cualquier sitio, hacer cualquier cosa. ¿Cómo no se había dado cuenta antes?

Su corazón revoloteó en su interior. Extendió las alas y alzó el vuelo desde el hombro de Lawrence, separándose de sus manos y adentrándose en el cielo nocturno, hacia las estrellas, hacia Sara Ruth.

—¡No! —gritó Abilene.

—¡Agarradlo! —gritó Bryce.

Edward volaba cada vez más alto.

Lucy ladró.

—¡Malone! —exclamó Bull. Y dando un salto tremendo, agarró a Edward por los pies, lo sacó del cielo y lo sentó en la tierra—. No puedes irte todavía.

—Quédate con nosotros —rogó Abilene.

Edward batió las alas, pero fue inútil. Bull lo sujetaba con fuerza al suelo.

—Quédate con nosotros —repitió Abilene.

Edward empezó a llorar.

—No podría soportar perderlo otra vez —dijo Nellie.

—Yo tampoco —dijo Abilene—. Me partiría el corazón.

Lucy acercó su cara a la de Edward.

Le quitó las lágrimas con la lengua.

Capítulo Veintitrés

—DE MARAVILLOSA FACTURA —DIJO EL HOMBRE que frotaba la cara de Edward con un paño tibio—, una obra de arte, ya digo; una sin par, increíblemente sucia obra de arte, pero arte al fin. Y la suciedad se puede quitar. Del mismo modo que tu cabeza se ha podido recomponer.

Edward miró al hombre a los ojos.

—¡Ah, has vuelto! —dijo el hombre—. Se nota que ahora escuchas. Tu cabeza estaba rota, pero la he reparado. Te he devuelto al mundo de los vivos.

«Mi corazón —pensó Edward—, lo que está roto es mi corazón».

—No, no. No es necesario que me lo agradezcas —dijo el hombre—. Es mi trabajo, en sentido literal. Permíteme que me presente. Soy Lucius Clarke, restaurador de muñecos. Tu cabeza... ¿debo decírtelo? ¿Te afectará mucho? En fin, yo siempre digo que con la verdad hay que chocar de cabeza, sin ánimo de hacer chistes. Tu cabeza, joven señor, estaba rota en veintiuna piezas.

«¿Veintiuna?», repitió Edward mecánicamente.

Lucius Clarke asintió.

—Veintiuna —dijo—. Modestia aparte, debo admitir que un restaurador de menor valía, un restaurador sin mis habilidades, no habría sido capaz de salvarte. Pero no hablemos de lo que hubiera podido ser. Hablemos de lo que es.

Ya estás de una pieza. Has sido rescatado de la bruma del olvido por tu humilde servidor, Lucius Clarke —diciendo esto, Lucius Clarke se puso una mano sobre el pecho y dedicó una profunda reverencia a Edward.

Era un discurso como para despertarse, así que Edward yació de espaldas intentando asimilarlo todo. Estaba sobre una mesa de madera, en una habitación con ventanas altas que dejaban entrar la luz a raudales. Por lo visto, su cabeza se había partido en veintiún pedazos y había sido recompuesta en uno.

No vestía un traje rojo. De hecho, no vestía nada en absoluto. Estaba desnudo de nuevo. Y no tenía alas.

Y entonces recordó: Bryce, la cafetería, Neal balanceándole por el aire.

«Bryce».

—Quizá te preguntes por tu joven amigo —dijo Lucius—, el del chorreo nasal continuo. Sí. Él te trajo aquí, sollozando, suplicándome ayuda. «Júntelo», me dijo, «vuélvalo a juntar».

—Yo le dije: «Jovencito, soy un hombre de negocios. Puedo volver a juntar a tu conejo. Por un precio. La pregunta es: ¿puedes pagar ese precio?». No podía. Por supuesto, no podía. Dijo que no podía.

—Yo le dije que tenía dos opciones. Solamente dos. La primera opción consistía en que pidiera ayuda en otro lugar. La segunda opción era que yo te arreglaría de la mejor forma en que mi considerable pericia me permitiera y después me quedaría contigo; ya no serías suyo, sino mío.

En ese momento Lucius guardó silencio.

Asintió con la cabeza, manifestando su acuerdo consigo mismo.

—Solamente dos opciones —dijo—. Y tu amigo eligió la segunda opción. Renunció a ti para que pudieras ser curado. Extraordinario en verdad.

«Bryce», pensó Edward.

Lucius Clarke batió palmas.

—Pero dejémonos de penas, amigo mío. Dejémonos de penas. Intentaré, con todas mis facultades, aprovechar lo mejor posible el trato. Te devolveré a lo que, según intuyo, fue tu antigua gloria. Tendrás orejas de piel de conejo y cola de piel de conejo. Tus bigotes serán reparados y reemplazados; tus ojos, repintados de un azul vivo y sorprendente. Serás vestido con los más exquisitos trajes.

—Y así, algún día, lo que he invertido en ti me proporcionará beneficios.

Todo a su tiempo. Todo a su tiempo. En el negocio de los muñecos, tenemos un dicho: «El tiempo real es una cosa; el de los muñecos, otra». Tú, mi distinguido amigo, has entrado en el tiempo de los muñecos.

Capítulo Veinticuatro

ASÍ PUES, EDWARD TULANE FUE REPARADO, limpiado y pulido, vestido con un elegante traje y expuesto en una estantería. Desde allí, Edward oteaba toda la tienda: la mesa de trabajo de Lucius Clarke, los escaparates que dejaban ver el mundo exterior, y la puerta por donde entraban y salían los clientes. Un día, desde ese estante, Edward vio que Bryce abría la puerta y se quedaba en el umbral; la armónica plateada en su mano izquierda lanzaba destellos a la luz que se colaba a raudales por los escaparates.

—Jovencito —dijo Lucius—, me temo que hicimos un trato.

—¿No puedo verlo? —preguntó Bryce. Se pasó el dorso de la mano por la nariz, y ese gesto llenó a Edward de un terrible sentimiento de amor y pérdida—. Sólo quiero verlo.

Lucius Clarke suspiró.

—Puedes mirar —dijo—. Puedes mirar, pero después te vas y no vuelves. No quiero tenerte en mi tienda a diario soñando con lo que has perdido.

—Sí, señor —respondió Bryce.

Lucius suspiró de nuevo. Se levantó de su mesa de trabajo, se acercó al estante de Edward, lo sacó y lo sostuvo para que Bryce lo mirara.

—¡Eh, Tilín! —dijo Bryce—. Qué bien estás. La última vez que te vi estabas horroroso, tenías la cabeza *despachurrada y...*

—Ahora está arreglado —dijo Lucius—; he cumplido lo que te prometí.

Bryce asintió con la cabeza. Se pasó la mano por la nariz.

—¿Me deja sostenerlo? —preguntó.

—No —contestó Lucius.

Bryce asintió de nuevo.

—Dile adiós —dijo Lucius Clarke—. Está reparado. Se ha salvado. Ahora debes decirle adiós.

—Adiós —dijo Bryce.

«No te vayas —pensó Edward—. No podré soportar que te vayas. Por favor».

—Y ahora márchate —dijo Lucius Clarke.

—Sí, señor —contestó Bryce. Pero no se movió y siguió contemplando a Edward.

—Vete —dijo Lucius Clarke—. Vete.

«No lo hagas —pensó Edward—. Por favor».

Bryce dio media vuelta. Cruzó la puerta de la tienda del restaurador de muñecos. La puerta se cerró. Tintineó la campanilla.

Y Edward se quedó solo.

Capítulo Veinticinco

ESTRICTAMENTE HABLANDO NO ESTABA SOLO, por supuesto. La tienda de Lucius Clarke estaba atestada de muñecas: muñecas bebés y muñecas grandes, muñecas con los ojos que se abrían y se cerraban y muñecas con los ojos pintados, muñecas ataviadas como reinas y muñecas con vestidos de marinero.

A Edward no le habían interesado nunca las muñecas. Las encontraba irritantes y egocéntricas, charlatanas y vanidosas. Tal opinión fue confirmada de inmediato por su compañera de estante, una muñeca de porcelana con ojos verdes de cristal, labios rojos y cabello castaño. Llevaba un vestido de satén verde que le llegaba a las rodillas.

—¿Tú qué eres? —preguntó con voz chillona en cuanto Edward fue colocado en el estante junto a ella.

—Soy un conejo —contestó Edward.

La muñeca soltó un gritito de indignación.

—Pues no estás en el sitio adecuado —dijo—. Ésta es una tienda de muñecas, no de conejos.

Edward no respondió.

—¡Vete! —exclamó la muñeca.

—Me encantaría irme —contestó Edward—, pero es obvio que no puedo.

Después de guardar silencio un momento, la muñeca dijo:

—¿Supongo que no esperarás que te compre alguien?

Edward, de nuevo, no respondió.

—La gente que viene aquí quiere muñecas, no conejos. Quieren muñecas bebé o elegantes muñecas como yo misma, muñecas con vestidos bonitos, con ojos que se abren y que se cierran.

—No tengo ningún interés en que me compren —dijo Edward.

La muñeca soltó un chillido ahogado.

—¿No quieres que te compren? —dijo—. ¿No quieres pertenecer a una niña que te quiera?

¡Sara Ruth! ¡Abilene! Los nombres pasaron por la cabeza

de Edward como las notas de una canción melancólica y dulce.

—Ya me han querido —dijo—. He sido amado por una niña llamada Abilene. He sido amado por un pescador y su esposa, y por un vagabundo y su perro. He sido amado por un chico que tocaba la armónica y por una niña que murió. No me hables de amor —dijo—. Sé lo que es el amor.

Esta vehemente alocución dejó sin habla a su compañera de estante largo rato.

—Bueno —dijo la muñeca al fin—, sea como sea, yo opino que no te va a comprar nadie.

No hablaron más. La muñeca fue vendida dos semanas más tarde a una abuela que la quería para su nieta.

—Sí —dijo la anciana a Lucius Clarke—, esa de ahí precisamente, la del vestido verde. Es una preciosidad.

—Sí, ¿verdad? —dijo Lucius—, ¿verdad que sí? —y sacó la muñeca del estante.

«¡Adiós y hasta nunca!», pensó Edward.

El sitio ocupado por la muñeca permaneció libre durante algún tiempo. Día tras día, la puerta de la tienda se abría y se cerraba dejando entrar el sol de la mañana o la luz vespertina, animando los corazones de los muñecos que, cada vez que la puerta se abría de golpe, todos ellos pensaban «esta vez, esta vez, llega alguien que me querrá».

Edward era el disidente solitario. Se enorgullecía de no esperar nada, de no dejar que su corazón revoloteara. Se enorgullecía de mantenerlo mudo, inmóvil, cerrado a cal y canto.

«He acabado con la esperanza», pensaba Edward Tulane.

Y entonces un día, al anochecer, justo antes de cerrar la tienda, Lucius Clarke colocó otra muñeca en el espacio vacío junto a Edward.

Capítulo Veintiséis

—ÉSTE ES TU SITIO, SEÑORA MÍA. PRESÉNTATE al muñeco conejo —dijo Lucius.

El restaurador de muñecos se alejó y fue apagando las luces, una tras otra.

En la penumbra de la tienda, Edward vio que la cabeza de la muñeca, como la suya propia, se había roto y había sido restaurada. En realidad, su cara era una red de rajaduras. Llevaba puesto un gorrito de bebé.

—¿Cómo estás? —dijo ella con una vocecita aguda—. Yo estoy encantada de conocerte.

—Hola —respondió Edward.

—¿Llevas mucho tiempo por aquí? —le preguntó la muñeca.

—Meses y meses —contestó Edward—. Pero no me importa. Me da lo mismo un sitio que otro.

—¡Oh, a mí no! —dijo la muñeca—. Yo he vivido cien años. Y en ese periodo he estado en lugares paradisíacos y en otros dantescos. Después de un tiempo, te das cuenta de que cada sitio es diferente. Y de que en cada sitio una es una muñeca distinta. Muy distinta.

—¿Cien años? —dijo Edward.

—Soy vieja. El restaurador de muñecos lo confirmó. Mientras me restauraba dijo que yo tenía esos años por lo menos. Por lo menos cien. Por lo menos cien años de edad.

Edward pensó en todo lo que había pasado él en su corta vida. ¿Qué clase de aventuras vivirías si estuvieras en el mundo un siglo entero?

La muñeca antigua dijo:

—Me pregunto con quién me encontraré esta vez. Porque vendrá alguien. Siempre viene alguien. ¿Quién será?

—A mí me da lo mismo si nadie viene a por mí —dijo Edward.

—Pero eso es horrible —dijo la muñeca—. No tiene sentido continuar si te sientes así. No tiene ningún sentido. Deberías estar lleno de ilusión. Deberías estar inundado de esperanza. Deberías preguntarte quién será el siguiente que te amará y será amado por ti.

—No me interesa ser amado —le dijo Edward—. No me interesa el amor. Es demasiado doloroso.

—¡Vaya! —dijo la vieja muñeca—. ¿Dónde está tu valor?

—En algún otro sitio, supongo —dijo Edward.

—Me decepcionas —dijo ella—. Me decepcionas enormemente. Si no tienes intención de amar ni de ser amado, entonces el viaje es en vano. Para eso podrías tirarte ahora mismo del estante y hacerte mil pedazos contra el suelo. Venga, acaba con todo. Acaba con todo ahora mismo.

—Me tiraría si pudiera —dijo Edward.

—¿Te empujo? —preguntó la muñeca antigua.

—No, gracias —contestó Edward—. Cómo si fueras capaz —murmuró para sí.

—¿Qué dices?

—Nada —contestó Edward.

La oscuridad de la tienda de muñecas era absoluta. Edward

y la vieja muñeca permanecieron sentados en el estante, mirando al frente.

—Me has decepcionado —dijo la vieja muñeca.

Esas palabras le hicieron pensar en Pellegrina, en jabalíes y princesas, en escuchar y amar, en hechizos y maldiciones. ¿Y si hubiera alguien *dispuesto* a amarlo? ¿Y si hubiera alguien a quien él pudiera amar de nuevo? ¿Era posible?

Edward sintió que su corazón rebullía.

«No —le dijo a su corazón—. Es imposible. Es imposible».

Por la mañana, Lucius Clarke regresó y abrió la tienda.

—Buenos días, queridos míos —les dijo a todos—. Buenos días, preciosos míos.

Subió los estores de los escaparates. Encendió la luz de la mesa de trabajo. Colocó el cartel de la puerta por el lado de ABIERTO.

Los primeros clientes fueron una niñita y su padre.

—¿Buscan algo en especial? —les preguntó Lucius.

—Sí —contestó la niña—, yo busco una amiga.

El padre se la puso a horcajadas sobre los hombros, y recorrieron la tienda paso a paso. La niña observó cada muñeco detenidamente. Miró a Edward a los ojos y le dirigió un gesto de asentimiento con la cabeza.

—¿Te has decidido ya, Natalie? —preguntó su padre.

—Sí —dijo—. Quiero la del gorrito de bebé.

—Oh —dijo Lucius Clarke—, esa tiene muchos años, ¿saben? Es una antigüedad.

—Me necesita —dijo Natalie con firmeza.

Al lado de Edward, a la vieja muñeca se le escapó un suspiro. Pareció que se sentaba más erguida. Lucius se acercó, la sacó del estante y se la entregó a Natalie. Y cuando se fueron, cuando el padre de la niña abrió la puerta para su hija y la vieja muñeca, un brillante rayo de luz temprana inundó la tienda, y Edward oyó con claridad, como si aún la tuviera al lado, la voz de la muñeca antigua:

—Abre tu corazón —le había dicho con dulzura—. *Vendrá alguien. Vendrá alguien para ti*. Pero antes debes abrir tu corazón.

La puerta se cerró. El rayo de luz desapareció.

Vendrá alguien.

El corazón de Edward se estremeció. Y Edward pensó, por primera vez en mucho tiempo, en la casa de la calle Egipto y en

Abilene dando cuerda a su reloj, y en cómo se inclinaba después sobre él y le colocaba el reloj sobre la pierna izquierda, diciendo «Regresaré a casa para estar contigo».

«No, no —se dijo—. No te lo creas. No te permitas creerlo».

Pero ya era demasiado tarde.

Vendrá alguien para ti.

El corazón del conejo de porcelana comenzaba, una vez más, a abrirse.

Capítulo Veintisiete

LAS ESTACIONES PASARON, EL OTOÑO Y EL INVIERNO y la primavera y el verano. Las hojas entraron volando por la puerta abierta de la tienda de Lucius Clarke, y la lluvia, y la escandalosa y confiada luz verde de la primavera. La gente llegaba y se iba: abuelas, coleccionistas de muñecas y niñitas con sus madres.

Edward Tulane esperaba.

Las estaciones se convirtieron en años.

Edward Tulane esperaba.

Se repitió las palabras de la vieja muñeca una y otra vez, hasta que hicieron una levísima muesca de esperanza en su cerebro: *Vendrá alguien; vendrá alguien para ti.*

Y la vieja muñeca tuvo razón.

Y vino alguien.

Era primavera. Llovía. Había florecillas blancas en el suelo de la tienda de Lucius Clarke.

La niña era pequeña, de unos cinco años; y mientras su madre forcejeaba para cerrar un paraguas azul, la niñita dio una vuelta por la tienda, deteniéndose y mirando solemnemente a los muñecos, uno tras otro.

Cuando llegó a Edward, se quedó delante de él durante lo que pareció una eternidad. Ella le miró y él le devolvió la mirada.

«*Vendrá alguien* —dijo Edward—. *Vendrá alguien para ti*».

La niña sonrió, se puso de puntillas y sacó a Edward del estante. Lo acunó en sus brazos. Lo abrazó con el mismo ímpetu y la misma ternura de Sara Ruth.

«Oh —pensó Edward—, lo recuerdo».

—Señora —dijo Lucius Clarke—, ¿podría ocuparse de su hija, por favor? Tiene en brazos un muñeco muy frágil, muy preciado y muy caro.

—Maggie —dijo la mujer. Levantó la vista del todavía abierto paraguas—. ¿Qué tienes ahí?

—Un conejo —dijo Maggie.

—¿Un qué? —preguntó la madre.

—Un conejo —repitió Maggie—. Lo quiero.

—Recuerda que hoy no vamos a comprar nada; sólo estamos mirando —dijo la mujer.

—Señora —dijo Lucius Clarke—, por favor.

La mujer se acercó a Maggie y se quedó junto a ella. Miró a Edward.

A Edward le dio un vahído.

Por un instante fugaz, el conejo se preguntó si se le habría abierto de nuevo la cabeza, o si estaría soñando.

—Mira, mamá —dijo Maggie—, míralo.

—Ya lo veo —dijo la mujer.

Dejó caer el paraguas. Se llevó una mano al medallón que colgaba de su cuello. Y Edward se dio cuenta de que no se trataba de ningún medallón.

Era un reloj, un reloj de bolsillo.

Era su reloj.

—¿Edward? —dijo Abilene.

«Sí», dijo Edward.

—Edward —repitió ella, ya segura.

«Sí —dijo Edward—, sí, sí, sí».

«Soy yo».

CODA